범종 소리 흐르는 저녁

김나현

　네 번째 수필집이다. 한 권의 책을 세상에 내놓는 일은 여전히 엄숙하다. 사소한 순간들을 적은 글이지만, 그것이 곧 나를 이루는 본질이기도 하다. 그간 많은 말을 글로 풀어냈기에, 사유의 샘이 차오르는 속도는 갈수록 더디다. 수필집으로는 7년 만에 엮는다. 목차 중 '감성을 터치하다 1, 2부'는 국제신문 오피니언에 필진으로 게재한 글이며, 3부와 4부는 보다 내면을 그렸다.

　나의 시간을 머금은 문장 속을 쉬엄쉬엄 걸어보려 한다. 그 안에서 누군가도 함께 머물 수 있기를.

2025년 4월
김나현

목차

목차

 제3부 나무야 나무야

범종 소리 흐르는 저녁

제4부 박꽃이 피던 지붕 아래

제1부

감성을 터치하다 1

...

햇살도 갈무리하는 때

　무싯날 장에 가듯 옥상으로 간다. 밤새 널어둔 무말랭이 안부를 살피고 뒤집어 말리려는 목적이다. 탁 트인 하늘에서 쏟아붓는 볕살이 정제된 듯 맑고 투명하다. 구름 사이로 내리꽂히는 빛내림처럼 눈부시다. 더러, 이웃집 이불이 널리는 여름과 달리 밤공기 선선한 이즈음엔 빨랫줄이 한가하다. 색 바랜 빨래집게만 듬성듬성하게 걸려 바람 그네를 탄다.

　해넘이의 붉은 기운과는 또 다르게, 말간 햇살이 아까운 오후다. 간당간당하게 남은 올해 몇 날처럼, 무심히 흘려보내기엔 마음 한구석이 아릿하다. 탁 트인 옥상에 서면 고향 마당 한가운데 서 있는 기분에 젖는다. 빈 빨랫줄을 보고 있노라면 어김없이 유년 시절의 빨랫줄이 떠오른다. 비바람에 삭아버린 바지랑대에 기대어 아버지와 어머니 일복을 널었던, 이제는 빨래 하나 걸리지 않은 쓸쓸한 빨랫줄이 아련히 스친다.

새끼손가락 크기로 썬 무는 하룻밤 별빛에 몸피가 제법 줄었다. 하룻낮 볕과 갈바람만 쐬어도 꼬들꼬들 단내 나는 무말랭이가 될 것이다. 몇 달 전까지만 해도 어머니 손맛이 밴 무말랭이무침을 먹었다. 어릴 적부터 어머니 무말랭이에 맛들인 딸도 간혹 그 맛을 들먹인다. 그러나 어머니가 노쇠해져 그 친숙한 무말랭이무침도 더는 먹을 수 없게 됐다. 사 먹는 무말랭이가 어머니 손맛을 대체하거나 대신하지는 못할 터. 아껴먹던 무말랭이 찬그릇이 바닥을 드러냈을 때, 다시는 그 맛을 먹을 수 없다는 상실감이 덮쳤다.

이 맛만은 잊히게 하고 싶지 않았다. 기억 속 맛이 흐릿해지기 전에 서두르기로 한다. 손바닥에 물집이 돋도록 무를 썰고 또 썰었다. 누렇게 익은 햇살 아래 몇 날 며칠, 무 썰어 말리는 작업을 반복했다. 장딴지 크기의 무 하나에서 나온 말랭이가 고작 한 줌. 문득 깨닫는다. 이렇게 많은 노고와 볕을 머금고 무말랭이가 탄생했구나. 어머니의 정성에도 이런 노고와 기다림이 배어 있었으리라.

무말랭이를 거둬들이고, 곶감용 둥시감을 샀다. 둥시감은 씨가 아예 없거나 한 개쯤 실수인 듯 들어있는 감이다. 택배로 도착한 감 상자를 여니 떫은 내가 훅 끼친다. 풋거름 내도 설핏 나는 것 같다. 웬걸, 어느 시골에서 온 감 상자에서 고향 냄새가

난다. 소가 뿔을 비벼댄 통에 둥치가 성할 날 없던 마당 감나무가, 허름한 아래채 슬레이트 지붕 처마에 늘어진 가지를 기대고 빈집을 지키는 그 대감나무가 냄새에 묻어 나온다.

껍질 벗긴 곶감은 곶감 걸이에 하나씩 매달고, 납작하게 썬 말랭이용 감은 건조망에서 숙성의 시간을 보낸다. 전기건조기가 내는 더운 바람도 이맘때 햇살만큼 여물지는 않다. 빛의 입자가 손끝에 닿을 듯 포슬포슬한 볕살이 내려앉는 계절, 감은 이 따사로운 품에서 천천히 몸을 바꾸어갈 것이다. 달콤한 곶감으로, 쫄깃한 말랭이로 거듭나며, 햇살의 손길을 온전히 담아낼 것이다.

시월 상달은 심기를 여유롭게 풀어주는 살림의 달이다. 시골 오일장에서 싱그러움이 살아 있는 무 열몇 개를 단돈 만 원에 샀다. 풀머리처럼 무성한 무청을 싹둑 잘라 바람이 잘 드는 베란다 줄에 주렁주렁 걸쳐놓는다. 느릿한 시간을 붙잡고 싶은 마음이 이런 모습이 아닐까. 무청이 바람을 맞으며 마르는 동안, 겨울을 위한 양식이 어느새 쌓인다. 이 작은 풍경 속에 담긴 계절의 정취는 참으로 풍요롭다.

햇살이 베푸는 세례 속에서 무를 말리고, 감을 말리고, 눅눅했던 마음마저 말린다. 따사로운 볕살에 온몸이 젖듯 한바탕 샤워하고 나면, 메마른 심신 구석구석에 생명의 기운이 고물고물 움트는 듯하다. 지나온 여름, 무수히 흘린 땀방울을 기억하는 그 해가 이제는 보상처럼 나를 다독여 준다. 햇살이 스미는 곳마다 삶이 한층 따뜻해지는 기분이다.

겨울 들머리에는 계절만 갈무리하는 것이 아니다. 움츠러드는 계절의 먹을거리를 준비하고 흘려보낸 시간을 차분히 되새기는 때다. 절벽 앞에 다다른 마지막 달을 마주하고서 그 많던 시간의 증발에 당혹감을 느낀다. 내리막길로 접어든 하루해는 돌아볼 새 없이 짧아진다. 이맘때의 소회는 쓸쓸하다기보다는, 썰썰한 허기를 데리고 온다. 아무리 먹어도 배가 채워지지 않은 듯한 공허감이 이 계절의 냉기처럼 깊숙이 스며든다.

다행히 무말랭이 맛이 어렴풋이 궤도를 찾았다. 어찌, 깊고 정갈한 어머니의 맛에 닿을 수 있으랴. 정성 쏟아 말린 여분의 무말랭이를 꼼꼼히 포장해서 보관한다. 겨울 하루가 충만하다. 부신 햇살 덕분이다.

나무를 자른 사람

은행나무가 무참하게 잘렸다. 한창 푸른 기개로 성장하던 이들은 골목의 지표였으며, 집 앞 골목을 밝히던 등대였다. 은행나무 세 그루가 몸통만 겨우 건사하고 잘린 모양이 가관이다. 단발령에 당한 듯 무성하던 가지가 속절없이 잘려 나갔다. 나무는 골목에 올망졸망 깃든 집을 지키며 터줏대감을 꿈꾸었을 것이다. 하루아침에 망가진 나무들 꿈은 어찌하란 말인가.

가을을 기다리던 가슴이 휑하게 비어 버렸다. 노란 단풍으로 물들어 나부끼기만을 고대하던 마음에 깊은 생채기가 파였다. 외출하는 길에, 돌아오는 길에 눈 맞추던 나무. 그들이 무시무시한 전기톱에 무참히 잘려 나갔으니 애석하고 안타깝다. 나는 기다릴 테다. 어서 그 나무가 새싹을 틔우고, 기운을 차려 가지를 뻗치고, 의연하게 원래의 모습을 되찾기를.

충격에 휩싸여 책 한 권을 꺼내 들었다. 나무가 잘려 나간 아픔을 대신 삭여야 했다. 프랑스 소설가 장 지오노의 『나무를 심는 사람』은 한 사람이 외로운 손길로 프로방스의 황무지를 거대한 숲으로 변모시킨 기적 같은 이야기를 담고 있다. 그 이야기는 죽어가는 산과 강, 문명의 위기 속에서 주인공이 전하는 메시지다. 그는 우리가 마음만 먹고 의지를 다하면 파괴된 환경과 지구를 다시 살아 숨 쉬게 할 수 있다는 희망의 씨앗을 심어준다.

작가는 사람들이 나무를 사랑하고, 나무 심는 일을 장려하기 위해 글을 썼다고 말한다. 나무가 고통스러울 때는 비명을 지르며, 식물은 우리가 생각하는 것보다 훨씬 예민하고 감정을 지닌 존재임을 알린다. 식물이 잘릴 때는 동물의 피에 해당하는 투명한 액체를 흘리며 물이 부족하면 저들만의 비명을 낸다고. 나무와 식물에 대한 인식을 정립하게 한 책이다.

묵묵히 바람에 흔들리고 계절 따라 헐벗기를 반복하는 나무도 생명체다. 하면 감각이 없을 리 없다. 그들이 고통을 감지한다면 곧 유정물체란 뜻이 아닌가. 베토벤의 운명 교향곡 5번 악곡이 심장 건반을 두드리는 소리를 듣는다.

뭉텅 잘린 둥치에서 가녀린 움이 트고, 원래의 소담한 나무 형태로 회복하기까지 몇 해가 걸릴지. 요는 볼 때마다 나무를 터무니없이 자른 사람이, 나무야 어떻게 되든 묵과한 행정에 속

쓰림이 도진다는 거다. 전선과 가로수가 지속해서 마찰해 화재나 합선 위험이 있거나, 차량 통행에 방해된다는 핑계로 잘랐다면 해당 부분만 잘라도 됐을 것이다. 이건 관리를 위한 전지가 아니었다. 자르는 김에 모조리 잘라서 자른 나무의 무게를 늘리려는 목적으로 볼 수밖에. 저질러놓고서 앞으로 신경 쓰겠다느니 하며 뒷북을 치면 무슨 소용이 있겠는가.

경주에서도 비슷한 일이 있었다. 경주 통일전 앞 은행나무 가로수길은 운치 있기로 소문이 났다. 가을이면 이 멋진 길을 감상하려는 이들과 사진가가 몰려든다. 청춘남녀가, 가족 나들이로, 웨딩사진을 찍으러 그곳을 찾는다. 나도 통일전 앞 은행나무를 보아야 가을을 본 거라며 단풍철이면 달려갔다. 한데, 이 가로수를 관리라는 명목으로 과도하게 가지치기해 버린 것이다. 황금 들판을 끼고 꿈결같이 펼쳐지던 은행나무가 듬성듬성해지면서 운치가 반감해 버렸다. 기대하던 단풍길이 황폐해져 을씨년스럽기 짝이 없었다.

가로수 수형 관리와 병충해 방지가 목적이었단다. 이런 사실도 모른 채 이곳을 찾은 사람들은 씁쓸하게 발길을 돌려야 했다. 시민과 관광객으로부터 원성을 들은 건 물론이다. 이들은 멀쩡한 가로수를 가지치기했다고 한목소리로 지적했다. 단풍이 드는 시기가 눈앞임에도 이를 전혀 고려하지 않고, 이들을 배려하지 않은 막무가내 전지였다고.

범종 소리 흐르는 저녁

집 앞을 지키던 은행나무 세 그루도 마찬가지다. 그들은 잘려 나갈 운명임을 꿈에도 모른 채 퇴색의 기운을 머금던 중이다. 가을 기운이 내리고 있었지만, 그 낙엽이 길에 흩날려 지저분하지도 않았다. 구린내 풍기는 열매는 아직 익지도 않은 때다. 집을 나설 때마다 만나는 나무는 마치 고향 텃밭의 감나무처럼, 오가는 길목을 묵묵히 배웅하고 반겼다. 나무 생장과 열매 맺는 시간을 낱낱이 지켜보다가 허망해진 마음은 어찌하란 말인가.

김용택 시인의 '그 여자네 집' 속 주인공이 된 낭만도 앗아갔다. '가을이면 은행나무 은행잎이 노랗게 물드는 집, 해가 저무는 날 먼 데서도 내 눈에 가장 먼저 뜨이는 집…' 멀리서도 내가 집에 다 왔음을 알리는 등대처럼 안심시키던 나무.

도로수는 거리 미관과 국민 보건 따위를 위하여 길을 따라 줄지어 심은 나무다. 부러 단풍을 보려고 찾아 나서는 시절이 아닌가. 거리 미관과 나무가 하는 역할에는 관심 없이 자른 행태에 화가 사그라지지 않는다. 가로수든 도로수든, 몸통 치기로 볼썽사납게 하지 않았으면 좋겠다. 한 그루 심지는 못할망정 자르는 수위 조절이라도 했더라면 좀 좋았을까. 앞날을 내다보지 않고 나무를 마구 베는 자연 파괴자의 머릿속에는 어떤 생각이 들어 있을까.

요즘 들어 길가 은행나무로 부쩍 눈길이 간다. 어쩌면 그 나무들이 내 아린 속을 보듬어 주어서일지도 모르겠다. 평소 무심히 지나친 인근 골목 어귀에서 거대한 물방울처럼 탐스러운 은행나무 세 그루를 만났다. 어느 유치원 울타리를 이루었다. 톱질 흔적 없이 자연스럽게 가지를 뻗어 수형이 얼마나 탐스러운지. 인간의 손이 닿지 않은 자연물의 결과를 보는 것 같다. 부러 이 은행나무를 보러 그 골목을 지나곤 한다.

울창하게 드리운 은행나무 그늘에서 노는 아이들은 얼마나 행복할까. 아이들 해맑은 웃음이 잎새마다 스몄을 것 같다. 이렇게 아름다운 동심을 품어주고 머금은 나무가 또 있을까.

잘려 나간 은행나무 세 그루에도 소생의 기운이 내비친다. 올가을에는 단풍이 제대로 물들어 큰 선물을 안겨줄는지. 은행잎이 푸르누렇다가 차츰 샛노랗게 물들고, 골목에 늦가을 달빛이 휘영청할 때 살며시 나가 보리라.

농막으로 가는 남자들

오빠는 고향 산비탈에 농막 하나를 지었다. 읍내에서 이십 리나 떨어진 이 외딴곳으로 날마다 1톤 트럭을 타고 출근한다. 마을과도 한참 먼 농막에는 스피커와 마이크 같은 음향기기들, 색소폰, 목공 기계와 각종 공구, 연통이 달린 난로, 약간의 주방 기구와 책상으로 빼곡하다. 고요한 산속, 세상을 비켜난 그곳에 자신만의 둥지를 틀었다.

인생 첫 학교에 들어갈 때, 코로나로 입학식조차 치르지 못한 아이들을 데리고 그곳에 갔다. 도시의 공간에 갇혔던 아이들은 땅에 발이 닿기 무섭게 이웃 소 농장으로 달려간다. 소에게 짚을 주며 손끝으로 체험하고, 아버지가 돌아가신 이후로 시동이 꺼진 경운기 운전석에 앉아본다. 골목을 누비며, 방구석에서 벗어난 자유로 환희에 찬 아이들 표정은 천국에라도 온 듯 환하다.

골짝에 자리한 농막은 아이들에게 그야말로 꿈의 놀이터다. 어수선한 창고 분위기에 잠시 주변을 살피던 아이들은 금세 호기심에 찬 표정으로 농막을 탐험한다. 새가 빈 종이 상자에 알을 낳고는, 잦은 발소리에 부화하지 못하고 포기한 작은 새알도 관심 밖이다. 마이크 전원을 켜자, 노래라기보다 괴성을 내지른다. 아파트에서 층간소음 탓에 '조용히 해라, 뛰지 말라'는 말을 일상처럼 듣고 자라는 아이들. 농막은 소리치며 희열을 터뜨리는 해방 공간이었다.

오빠는 이곳에서 색소폰을 연주하며 겨울 망중한의 시간을 보낸다. 주변 신경 쓰지 않고 한껏 연습할 수 있는 장소로 적격지겠다. 산자락에 울려 퍼지는 구슬픈 음색 따라 새들도 바람구멍으로 들어왔을까. 아버지가 일군 산을 지키며 답답한 시대를 건너기에 이보다 좋은 한량 놀이는 없을 것 같다. 치수별로 갖춰놓은 목공 공구를 보기만 해도 좋다던 오빠, 농막은 작업공간이고 힐링 공간이었다.

주변에 주말 농사를 짓는 이가 몇 있다. 나는 농촌에서 자랐기에 부모님 허리 꺾이게 한 농사일이 아무나 할 수 있는 일이 아님을 잘 안다. 그렇지만 농막이라 하면 무언가 낭만적인 느낌이 물씬 풍긴다. 그 말에는 향수를 자극하는 따스한 감정이 숨어 있다. 풍경 좋은 자연 속에 오두막이든 천막 하우스든 하나 지어 놓고, 들앉고 싶은 남자들의 심리에는 인생 느지막이 유유

자적하고 싶은 로망이 잠재한 듯하다.

구포역에서 무궁화호 기차를 타고 30분 남짓 가면 밀양에 다다른다. 그곳에 컨테이너 농막을 짓고 주말마다 들락거리는 이웃이 있다. 그와 동행해 밀양 가는 기차를 두어 번 탄 적이 있다. 그곳에 가면 제철 채소를 한 가득 얻고, 노랗게 익어 떨어진 모과를 주우며, 아름드리 늙은 호박도 굴러들어 온다. 먹을 만큼 자란 무 배추를 뽑고, 들깨를 털며, 생강을 캐고 무청을 엮는다. 가을걷이가 끝난 겨울 초입에는 일이 없을 것 같은데도 그는 어김없이 농장으로 향한다.

시골살이에는 툭 터놓고 지내는 오지랖이 필요하다. 이웃과의 관계가 그리 긴밀하지 않아도 유대감으로 이어지기 때문이다. 그런 일 중 하나가 이웃한 농장 주인들과 어울리는 밥자리였다. 농막 마당에 장작을 피워놓고 멀리 무궁화 기차가 지나는 풍경을 느긋하게 바라보며 차를 마시는 여유로움을 누렸다. 허름한 원탁을 가운데 두고 삐걱대는 의자에 둘러앉아 누리는 한가로운 맛과 멋을 농막 주인은 일찌감치 알아버린 듯하다. 바쁜 일상 틈바구니에서 가꾼 농막의 평온함이었다.

전중환은 『오래된 연장통』에서 현대인의 두개골에는 석기시대의 마음이 들어 있다고 말한다. 그 말과 농막을 찾는 남자들 본성을 연관 짓게 된다. 도시 삶에 부대낀 남자들이 꿈꾸는 농막이란 어떤 의미일까. 아마도 그것은 사바나 초원의 야생 세계를 그리워하는 마음이지 않을까. 수렵과 채집의 삶을 살아왔던 유전자가 질서정연한 제도라는 틀에 갇혀 버리자, 그 속에 갇힌 본능이 곪아 터져 나오려는 몸부림은 아닌지. 어쩌면 농막으로 떠나는 남자들은, 아이들이 억제된 본능을 발산하듯 자신의 내면에 잠재된 자유를 좇고 있는지도 모른다. 남자나 아이나 억눌린 본능을 풀어헤치려는 인간 본성이 닮아 보인다.

암울했던 코로나 시절은 기억 속에서 흐릿해져 간다. 각자의 방식으로 삶의 궤적을 수정하고, 고된 인내 속에서 적응하며 지나온 시간이다. 두 번 다시 겪고 싶지 않은 재앙의 시간이었다. 동시에 일상의 소중함을 깊이 깨닫게 해준 희대 사건이다.

그 불편함 속에서 평범한 일상이 얼마나 소중한지를 절감했던 시간. 그때 농막은 남자들에게 삶의 무게를 잠시 내려놓고 내면의 평화를 되찾는 안식처였을 것이다. 제약당하는 불편함을 극복하고 평범한 일상을 깊이 그리워한 때, 농막은 남자들에게 억눌림으로부터 해방되는 장소였을 것이다.

범종 소리 흐르는 저녁

보제루 기둥에 기대어 범종 소리를 듣는다. 종의 울림은 어스름이 깃든 불이문 지붕을 넘어, 해가 진 어둑한 하늘가로 아스라이 스러져 간다. 법고가 힘차게 휘몰아치고, 목어와 운판도 잠깐 흔들린 후, 모든 소리가 서로의 자취를 잇는 듯 고요 속으로 사라진다. 마침내 바통을 넘겨받은 범종의 깊은 울림을 따라 발걸음을 옮긴다. 종각이 보이는 보제루 기둥 옆, 가까이서 듣는 종의 울음은 세상 번뇌를 씻어내듯 웅장하고 강렬하다.

천년의 시간을 품은 범어사가 내가 사는 지역에 있다는 게 얼마나 큰 행운인지 모른다. 마음이 닿을 때 불쑥 그리로 향할 수 있기 때문이다. 어느 날은 장수목이자 보호수인 은행나무에 매달린 순금 빛 단풍을 보려고, 또 어느 날은 금정산 자락을 울리는 장엄한 범종 소리에 마음을 씻으러 가기도 한다. 천주교 신자이면서 절을 즐겨 찾는 모습은 스스로 봐도 아이러니하다. 삶의 고뇌를 덜어내고 존재의 의미를 찾으려는 종교 본질은 다 하나의 흐름으로 이어져 있는 게 아닐까. 믿음의 경계는 다만 형식일 뿐, 마음 닿는 곳이 곧 안식처인 것을.

종이 느리게 울린다. 한 소리가 가물가물 귓전을 울리다 꼬리를 감추면 또 한 번 몸통이 울린다. 서른세 번의 소리를 기다릴 때 기린 출산을 지켜보던 긴 시간이 떠오른다. 태국 파타야에서 기린 사육장을 지날 때, 한 공간에 깃든 기린 무리의 움직임이 뭔가 불안해 보였다. 소리 없는 어수선함이랄까. 그 수상한 기척은 한 기린의 산고가 원인이었다는 걸 곧 알았다. 새끼는 어미 자궁에서 머리만 나온 상태고, 출산하는 기린은 사육장을 불안하게 오가며 출산의 고통을 감내하는 중이었다.

감동한 건 다른 기린들의 행동 때문이다. 산통을 겪는 기린에게 다가와서는 기다란 목을 비비며 격려하거나 기웃대며 관심을 보이는 게 아닌가. 이곳에 온 목적인 악어 쇼도 뒷전으로 밀렸다. 생전 처음 보는 광경을 울타리 밖에서 지켜보기로 한다. 좀체 진전이 보이지 않는 출산 모습에 애가 탔다. 지루한 두 시간여가 지나고야 새끼는 어미 몸에서 온전히 분리됐다. 지켜보는 이에게도 출산하는 어미에게도 힘든 시간이었다. 기린이 새끼를 낳을 때 동동거린 시간과 범종이 울릴 때의 간절함은 동질감으로 연결된다.

범종 소리가 번뇌를 끊게 해 깨달음으로 이끈다는 깊은 의미까지는 생각해 본 적이 없다. 다만, 마음을 집중시키고 생각을 맑게 순화하는 힘이 있는 건 분명하다. 한겨울 백담사에서, 저물녘 내설악 골짜기로 흘러내리던 범종 소리는 가슴에 커다란 반향을 남겼다. 처음으로 들은 종의 울림은 지상에 존재한 사물을 어루만지며 산중으로 아스라이 멀어졌다. 어둑한 종각 주변에 장승처럼 선 사람들 사이에 서서, 영혼에 빛처럼 스미는 그 소리를 온몸으로 들었다. 종이 한 번 울릴 때마다 찌르르한 전율이 일었다. 아마도 그 순간부터였을 것이다. 범종 울림이 뇌리 깊숙이에 각인된 것은.

슬로베니아 블레드호수에 그림처럼 솟은 작은 블레드섬이 있다. 이곳 조그만 성모승천성당에 세 번 울리면 소원이 이루어진다는 소원의 종을 보고 싶었다. 슬라브인들이 신을 모신 신전 자리였다는 이곳에서 누구나 종을 울리고 싶어 한다. 몇 층 높이는 될 법한 높은 천장에서 늘어뜨린 줄을 살짝 잡아당겼다. 그러자 잠깐 뜸 들이는가 싶더니 햇살이 자욱하게 들이치는 성전에 종소리가 아득하게 울려 번졌다. 그때도 염원을 품었듯, 종소리를 들으면 왠지 기도하는 자세가 된다. 범종 소리를 들을 때도 같은 마음이다.

통도사는 동절기 저녁 여섯 시가 되면 타종한다. 어느 날 일찌감치 통도사에 도착해 범종루 종을 치는 시간을 기다렸다. 날이 금세 어두워져도 돌아가지 않은 이들이 종루 주변을 서성인다. 나처럼 타종을 기다리는 사람들일 것이다. 풋풋한 스님 몇 분이 종루로 들어서는 게 보인다. 여기저기 흩어져 있던 그림자들이 종루 앞으로 와 두 손을 모은다. 고요한 저녁, 종소리를 기다리는 마음이 경건하다.

입동 지난 저녁 날씨가 꽤 쌀쌀하다. 바짓가랑이 사이로 스미는 냉기에 다리를 옴짝대며 법고, 목어, 운판 치는 소리와 서른세 번의 종소리를 들었다. 대종 몸통이 당목에 맞아 장엄한 소리를 낼 때마다 마치 내 몸이 맞는 듯 움찔한다. 어느 스님이 일러주신 대로 통도사 범종이 내는 소리는 엄숙하고 장중하다. 잠깐이나마 번뇌를 끊는 데 이만한 소리가 있을까 싶다.

범어사에 가면 일주문과 천왕문, 불이문을 지나 보제루 누각을 통과하기 전에 하는 의식적인 행동이 있다. 보제루 현판 앞에서 뒤돌아 몇 계단쯤 내려서서 불이문 쪽을 내려다보는 일이다. 높직이 바라보는 이 구도에 늘 감탄한다. 건축양식이라든가 하는 전문적인 소양은 없다. 눈과 마음에 차분하게 안겨드는 구도라고 할지. 불이문으로 옷깃을 여미고 들어서는 방문객이며, 불이문 용마루를 넘어가는 구름과 지붕 위에 쌓인 나뭇잎, 그 너머로 보이는 금정산 자락 풍취까지 눈에 담고서야 대웅전이 저만치 보이는 마당으로 들어서는 것이다.

이윽고 범종의 여운이 아득히 사라졌다. 밤의 고요 속에서 타

종의 끝을 기다린 듯 스님들 합동 예불 소리가 흘러나온다. 낮
고도 일정한 흐름을 탄 울림이다. 단선율 무반주인 그레고리안
성가가 엄숙하고 고요하다면, 합동 예불 소리는 장엄하다. 그제
야 앉았던 몸을 천천히 일으켰다. 사위는 점차 어둠 속으로 잠
기고, 경내는 불경 읽는 소리만 가득하다. 묵직한 울림을 뒤로
한 채 절을 떠난다.

타인의 고통

'밥 탄다. 불 꺼라~~~'

부지깽이도 일손을 거든다는 농번기다. 무쇠솥에 쌀을 안쳐 주고선 '불을 때다가 솥에서 따닥따닥 소리가 나면 불을 끄면 된다.'라고 신신당부하고 어머닌 들에 나갔다.

아궁이에 불을 때다가 타는 불을 끄는 시기를 가늠하기란 어린 인생 최대 난제였다. 하마 그 소리가 들릴까. 온 신경을 쏟아 집중할 때 불길한 냄새가 얼핏 코를 스쳤다. 이 냄새가 부엌 바람벽으로 새어 나가 뒷집 담을 넘었나 보다. 뒷집 친구 영옥이의 올케가 밥 탄다고 불을 끄라고 하는 외침을 듣고서야 놀라 아궁이 불을 끄집어냈다.

하루해가 서산으로 길게 늘어지는 여름, 어둑발이 내려서야 퀭한 얼굴로 마당으로 들어선 어머니는 씻을 새도 없이 두리반부터 폈다. 종일 노동으로 땀에 전 옷을 갈아입을 기운도 없어 보인다. 밥 태운 죄를 지은 아이는 풀이 죽었다. 어머니가 솥뚜껑을 여는데 옆에서 보니 밥이 새카맣다. 탄내가 진동했다. 가운데 부분만 약간 회색을 띤 탄 밥을 주걱으로 뒤적여 푸던 어머니도, 탄 밥을 드시던 아버지도 밥에 대해선 한마디도 하지 않으셨다. 그때도 벼이삭이 물결처럼 휘날리던 시기였던 것 같다. 돌이켜보니 당시 어머니는 서른 초반, 벼꽃처럼 풋풋한 나이였다.

구순을 코앞에 둔 노모는 그 일이 기억나지 않는다고 하신다. 세월을 온몸으로 껴안은 채, 지루하게 흐른 생을 반으로 접어 버린 듯 노쇠한 모습이 낯설다. 동구 밖까지 나와 자식을 배웅하던 모습도, 대문 밖에서 지팡이 짚고 작별을 고하던 모습도 언제가 마지막이었던가.

어느 날부터는 마당 평상에 오도카니 앉아 있는 모습만을 두고 나왔다. 이제 지팡이를 짚고도 대문 밖 출입을 못 하는 어머니는 아랫목에서 자식과 애절한 눈을 맞춘다. 총명했던 눈동자에는 자식 뒷모습을 배웅할 수 없는 슬픔이 일렁인다. 대상포진에 이어 코로나마저 덮쳐 수분 한 방울 없이 메말라 버린 대지 같은, 어머니 몸을 깜부기 같은 질병이 침범해 야금야금 세를 키운다.

자식도, 부모가 늙고 병들어 감을 지켜볼 수밖에 없는 방관자나 다름없다. 어머니가 부쩍 왜소해지고 의식이 흐려지는 속도를 감지하며 그런 생각이 든다. 혈육으로 이어졌지만 내가 아닌 타자가 겪는 고통, 이럴 때 '타인의 고통'이란 말이 뇌리를 채운다. 수전 손택이 쓴 에세이 『타인의 고통』은 제목부터 섬뜩하다. '타인의 고통'이라는 말 자체가 바라보는 자의 관점이란 뜻이 아닌가.

작가는 타인의 고통이 어떻게 다가오며 바라보는가를 이라크 전쟁 전후 사진으로 제시한다. 전장 사진은 보는 자체가 고통스러울 만큼 끔찍하다. 그러나 전이되지 않는 이 고통을 향한 연민이라는 것도, 자신의 무고함을 증명하는 알리바이가 돼 버린다고. 노쇠한 어머니가 겪는 생체 고통을 지켜보는 일도 이와 다르지 않다.

갈수록 다양한 재해를 접하는 세상이다. 상상조차 하기 싫은 전쟁, 예측할 수 없는 폭우, 자연 대재앙인 화재, 태풍…. 이로 말미암은 피해자가 겪는 크나큰 고통도 전이되지 않는 연민에 지나지 않는다. 이런 재난뿐 아니라 주변 사람이 겪는 투병 소식을 접할 때도 그와 크게 다르지 않다. 깊이 마음 아프지만 덜어줄 수 없고 나눌 수 없다.

노모 홀로 감내해야 하는 육신의 아픔도 마찬가지다. 내 부모가 밤새워 고통에 시달려도 그 고통을 덜어줄 수 없다. 심지어 노모가 하는 아프다는 말도 자주 접하면 혹 무뎌질까 경계한다.

수전 손택이 염려한 바가 바로 이런 게 아니었을까. 별 도움 되지 않는 한숨만 는다.

어린 내게 밥하라던 그때, 삼십 대를 지나던 당신은 생의 소실점을 향해 간다. 미지의 세계로 가는 길을 서두르는 어머니와 이를 바라보는 자식을 이은 끈이 위태롭다. 드라마 결말을 예견한 듯 서로 과거로 회귀하는 일도 잦아졌다. 혈연 속에서 함께한 숱한 찰나가 대하소설처럼 장면을 이동하며 재생된다. 다만, 서로 다른 시점과 다른 기억으로 애틋해한다. 어머니 기억이 단편이나마 아직은 또렷하나 바라보는 맘이 조마조마하다.

벼이삭 패는 처서도 지나고 추석도 지났다. 고향집 앞 논엔 개구리울음은 사라지고 풀벌레 소리 왁자하다. 들녘은 바야흐로 물알 든 벼가 알곡을 품을 때다. 어머닌 아랫목에서도 들녘 사정을 들고 펜다. 추석이 지났으니 달포나 있으면 벼를 베겠다고 하신다.

솥에서 따닥따닥 소리가 나면 불을 끄라던 그맘때를 지나는 중이다. '쪼들리는 살림에 자식 키우느라 고생하셨어요.' 혹, 말할 시간을 놓칠까 싶어 어머니 손을 잡고 또박또박 전했다. 거죽 밀리는 손이 온기 없이 싸늘하다. 어머니란, 타인의 고통이 될 수 없는 절대적 존재임에는 반박할 여지조차 없다.

범종 소리 흐르는 저녁

관조하는 즐거움

사람 구경하는 것만큼 재미난 게 있을까. 대구 백 년 된 고딕식 계산성당 마당 가엔 따스한 분위기의 작은 커피집이 있다. 그곳 '커피 명가'는 차를 마시며 내다보는 창밖 경치로 명가다. 시원하게 트인 통유리창 앞엔 색색의 의자가 놓였다. 그 자리에 앉고 싶은 욕구가 강렬히 일지만 선뜻 앉지 못한다. 그곳에 앉으면 차를 마시는 이들은 누구나 그 뒤통수를 봐야 하고 의도치 않게 그들을 관망하게 되기 때문이다. 하여 명당 자리인 그곳은 다른 손님의 조망을 배려해 비워둔다.

가을 햇살이 환하게 들어오는 창문 그 건너편은 성당 마당이다. 그곳에 단풍 든 네 그루의 벚나무가 가을 풍경화 한 폭을 펼친다. 간혹 성당 신자들이 오가고, 햇살은 시시각각 창문 안팎 색감을 달리 풀어헤친다. 혼인성사를 마친 신혼부부가 대형 화폭으로 들어서자, 단풍과 조명은 마치 들러리처럼 자연스럽게 그들을 둘러싼다.

행복은 최고의 '좋음' 상태라던가. 소크라테스는 〈니코마코스 윤리학〉에서 인간의 모든 행위는 '좋음'을 목표로 한다고 주장한다. 최고의 좋음이란 게 더 바랄 것 없는 내적 외적 상태를 이름이 아닐는지. 어떤 심적 욕구를 채웠을 때, 가장 안전하고 충만한 상태이거나 다른 무엇이 부럽지 않다고 여겨지는 최상의 여건이 그 상태가 아닐까. 가을이 흐르는 창밖을 관망하며 비슷한 행복감에 취한다.

대부분 들녘에서 보낸 유년의 가을 이후, 수십 번의 가을이 곁을 스쳤다. 난데없이 슬쩍 들렀다가 훌쩍 떠나는 길손처럼, 가을은 찰나의 프레임 속에 잠시 머물다 사라진다. 적색 황색 갈색 단풍이 최고로 화사한 순간을 맞이하기란, 행복을 찾기 위해서는 행운이 함께해야 한다는 철학자의 말처럼 운수가 받쳐줘야 함을 실감한다. 이 모든 것은 결국 '좋음'을 향해 가고 있다는 진리를, 눈앞에서 지나가는 가을이 넌지시 일러준다.

이런 류의 심적 충만감은 경제 사정과 반드시 직결하지는 않을 것이다. 백화점에서 결제할 카드를 쉬 꺼내지 못하는 여건이라고 하더라도, 다른 조건에서는 행복감으로 전율하기도 하기 때문이다. 그중 하나가 관조하는 즐거움이다. 신체 움직임이 둔해질수록 고요한 시선으로 사물이나 현상을 관찰하거나 바라보려는 성향으로 기운다. 소크라테스의 관조적 삶과 일치한다고 나름 해석한다. 사유하는 삶으로 참된 행복에 이른다는 철학자의 참뜻과는 거리가 있겠다. 그러나 독자가 자신과 연계해 받아들이는 해석은 저마다 다를 터. 영화를 보듯 흘러가는 가을을 관조함도 사유하는 삶에 속하지 않겠는지.

행위로 성취할 수 있는 좋음 중 하나가 여행이 아닌가 한다. 기원전 사람인 소크라테스가 요즘 생활상까지 내다보았음인가. 사람들이 여가를 갖기 위해 여가 없이 바쁘게 움직인다고, 그때 이미 간파한 모양이다. 그간 해온 여행을 돌아보면, 어렵사리 여가 내어 여행 가서는 여유라곤 없이 움직였던 것 같다. 중세의 성당이나 역사가 켜켜이 쟁인 유적지에서조차 사진찍기에만 몰입했다. 관조할 쫌이 부족했다. 여행자답지 않게 서둘러 움직이는 우리네와 달리, 유럽인은 느긋하다. 아무 계단에나 앉아서 그곳을 느끼고, 누리고, 관조한다.

동대구역에서 탄 기차가 경산과 청도를 지나 밀양역에 잠시 선다. 앞좌석에 앉은 사람이 내리고 그 빈자리는 새 사람으로 채워진다. 저이는 내린 이가 남긴 온기를 느낄 테지. 이 또한 대상을 바라봄의 결과다.

기차가 밀양역을 막 출발하려는 찰나다. 두어 좌석 앞에서 바깥 누군가를 향해 조그만 손을 힘차게 흔드는 소년이 보인다. 창으로 기운 몸짓에서 섭섭함이 묻어난다. 소년의 손끝을 따라

가니 창밖엔 소년의 할머니로 보이는 한 여자가 소년에게 손을 흔들고 있다. 서로를 보는 눈빛이 애틋하다. 기차 창을 사이에 두고 눈짓과 손짓으로 잘 가라고, 잘 계시라고 작별한다. 영화보다 더 영화 같은 장면이다. 카메라도 없고 영화감독도 없다. 다만, 승객이 관람객이다. 주인공은 홀로 기차를 타고 세상으로 떠나는 아이이며, 배경은 가을 밀양역이다. 영화배우처럼 실감난 연기를 한 소년은 가족 품으로 잘 돌아갔을까.

생활 속에서 마주하는 수많은 장면과 상황을 지긋이 바라보게 된다. 그 어떤 일이든 나와 무관하다고 할 수 없는 세상을 살아간다. 각기 다른 길을 걷고 있는 듯 보이지만, 결국 그 별개의 삶들이 하나의 공동체 운명 속에서 얽히고 맺혀 있음을 깨친다. 이태원 참사나 무안공항 사고와 같은 비극적인 사건이, 나와 내 자녀와 이웃과 그 가족에게 일어날 수도 있다는 가능성 앞에서 무심할 수만은 없다. 우리는 모두 이 세상이라는 한 틀 안에서 연결되어 있음을, 함께 아파하고 동조하게 되는 마음은 그런 관조에서 비롯된 것이리라.

절정의 가을 풍경을 온전히 누린 여운일까. 어느 날, 건널목에서 주홍빛 신호등 불이 단풍처럼 보이는 착각에 젖었다. 일상에서조차 뇌리엔 가을 색이 출렁인다.

범종 소리 흐르는 저녁

천년을 꿈꾸는 마애불

뻐꾹 소리 낭랑한 산자락에 독경 소리가 흐른다. 적요하던 절이 무슨 특별한 날이라도 되는가. 가풀막진 산길을 숨차게 올라 다다랐을 때 웅성웅성 들리는 인기척이 반갑다.

보광전 앞에 가지런히 놓인 신발 두 켤레로 시선이 간다. 스님은 문에 가려 보이지 않고 엎드린 보살 등만 보인다. 실은, 법당에 모신 부처보다도 웅장한 자연 바위벽에 새겨놓은 마애불을 보러 왔다. 여남은 해 전쯤, 나를 보고 환히 웃던 마애불 꿈을 꾸고 문학상을 받았다. 부처님을 꿈에서 보는 걸 스스로 상서로운 징조로 받아들였다. 꿈 해석까지는 몰라도 기분 좋은 날이 이어졌다. 상을 받은 건 그 덕분이라고 결론지었다. 이후로 마애불을 보면 바짝 다가가서 표정을 살피곤 한다.

병풍바위에 자리한 마애불 29위가 굽어보는 낮은 자리에 앉았다. 관세음보살과 미륵존불을 정면에 두고 여자 두셋이 정좌했다. 단 아래에는 나이 지긋한 여자가 독경 따라 손바닥 크기 책장을 넘기고 있다. 짬 날 때를 기다려 무슨 기도인가를 물었더니 초하루 사시예불이라고 작은 목소리로 답한다. 불자가 아니라서인지 용어가 생소하다.

젊은 외국 남자 둘이 앞쪽 가파른 계단 위로 오르더니 뒤돌아서 아래를 내려다보는 몸가짐이 신중하다. 이곳에 인접해 살면서도 모르는 이가 많은데 외국인이 이런 한갓진 데를 어찌 알고 찾아왔을까. 그들도 돌벽 마애불군이 에워싼 분위기에 압도된 듯이 보인다.

창건 연대가 1927년 _{안내판} 이다. 불상은 시일이 더 지난 1950~1960년대에 조성했다. 보통, 마애불 조성 시기가 이 정도면 역사로 쳐주지도 않는다. 경주 남산골 일원에 널린 불상이나 마애불 탄생 연원이 신라시대임에 비하면, 여긴 아직 돌가루 냄새도 가시지 않은 갓 조성한 불상에 불과하다.

기백 년 세월을 스치지 않았다고 부처를 가벼이 볼 건가. 이 절 마애불이 나의 고정된 사고를 바꾸어 놓았다. 쇠미산 가까이로 이사 온 후 처음 뒷산에 갔을 때다. 안내판을 따라 이 절에 들렀다가 보광전 대웅전을 지나 돌계단 몇 개를 오르며 믿지 못할 광경을 목격했다. 목을 한껏 뒤로 젖혀야 시선이 닿는 어마어마한 규모의 바위 병풍이 둘러쳤는데, 그 바위벽에 돋을새김

한 불상이 빼곡하게 정좌하거나 서 계신 게 아닌가. 어느 시대에 어떤 고승이 창건했고 어떤 설화가 전하며…. 이 정도는 되어야지 역사로 치던 고정관념과 가치관이 흔들렸다.

시간이 흐르면 이곳도 역사가 될 터. 지금도 시간은 어제를 낳고 있다. 현대에 조성했다고 불심이 얕다거나 가볍다고 할 수 없을 터이다. 우람하고 호기 넘치는 사천왕 비로자나불 약사여래불, 그 뒤 바위 중턱에 앉은 석가모니불, 나한…. 무엇보다 정면 중앙 11면 관세음보살의 정교한 새김과 수려함이라니. 앞쪽 가파른 계단 옆 돌벽에 새긴 마애불들은 또 어떤가. 볕을 받은 한 분마다 표정과 윤곽이 도드라진다. 이 섬세한 표정을 만든 이는 한국전쟁 때 피난 온 불교 조각의 장인이란다. 수직 바위면에 이들을 새기게 한 불력을 생각지 않을 수 없다.

가끔, 만덕고개 남문 가는 길과 갈라지는 삼거리에서 산허리로 접어든다. 산 중턱을 걷는 쾌적한 산책길이다. 이 중턱 길이 끝나면서 시작되는 오르막길이 능선 가까운 절까지 지그재그로 이어진다. 몇 번 작정하고서야 한 번쯤 올라가게 되는 숨찬 길이다. 사회가 혼돈이었을 일제강점기에 수행 차 또는 대중 교화를 목적으로 창건한, 어디에서도 본 적 없는 마애불 군을 모신 절. 만덕에서 상계봉으로 이어지는 능선에 자리해 건너편 산에서도 먼 이쪽을 향해 합장하게 한다. 용선선사는 어떤 혜안으로 이곳에 절을 앉혔을까.

볕만 머물다 떠나던 절 마당에 모처럼 발길이 오간다. 음식 냄새에 빈속이 울컥 요동친다. 시래깃국 냄새가 구수한 공양간을 빤히 바라보며 지나는데, 일하는 공양간 보살이 간절한 내 눈빛을 읽었는지 공양하고 가라고 부른다. 재빠르게 몸을 돌려 공양간으로 들어섰다. 등산복 차림 객들이 네모 밥상에 편하게 둘러앉아 밥을 먹고 있다. 양손에 비빔밥과 시래깃국을 받아 들고 빈자리를 찾아 앉았다. 아까 본 외국 남자 둘이 서먹한 몸짓으로 공양간에 들어선다. 알려진 절도 아닌 조그만 절에 와서 절밥까지 먹고 갔을 그들에게 한국 절의 기억은 특별할 것 같다.

11면 관세음보살 위쪽에 좌정한 미륵존불 미소도 챙겨보자. 숨차게 깔딱 고갯길 오른 보상이 될 것이다. 천년을 꿈꾸는 마애불 군을 모신 이곳은 범어사 말사인 석불사다.

장소를 기억하는 법

바야흐로 나무의 계절이다. 신록의 푸른빛이 물감을 들이부은 듯 생기롭다. 나무를 향하는 관심과 애정이란, 세월의 나이테를 따라서 깊이를 더해가는 것인지. 생의 가을 언저리를 지나는 지금, 유난히도 나무가 마음에 스민다.

어떤 장소에는 그곳을 상징하는 매개물이 있다. 이를테면 고목이 그렇다. 그곳을 떠올리면 세월을 머금은 거대한 고목이 먼저 떠오른다. 우람한 가지를 펼치고 뿌리 깊이 대지를 움켜쥔 채, 마치 그 장소의 역사와 숨결을 온몸으로 증명하는 듯하다. 나무 자체로 유적이 되고 역사가 되어 장소에 어울리는 의미를 생성한다.

숙종 시대에 화엄사 각황전을 중건하며 심은 홍매, 보리수 염주로 이름난 지리산 천은사의 보리수나무, 남사예담촌 이씨 고가 골목을 지키는 부부회화나무, 하회마을의 신령을 품은 삼신당 느티나무, 구름조차 발길을 멈춘다는 지리산 와운마을의 천년 부부송, 세상 길흉을 소리로 예고했다는 거창신씨 황산마을의 느티나무…. 수백 년의 시간을 품은 이 나무들의 존재감은, 그들이 그곳에 없다고 가정할 때 비로소 선명해진다. 나무 없는 풍경이란 마치 혼이 빠져나간 땅처럼 공허하고 적막할 테니.

은행나무는 생명력이 강해 관상수로 사랑받는 나무다. 그 강인함에 가로수로 흔히 선택되지만, 멸종위기종에 올랐으니 귀히 여겨야 할 나무다. 은행나무를 떠올리면 기억에 저장된 특별한 풍경들이 단숨에 튀어나온다.

범어사에서는 사찰을 지키는 수호목이며, 밀양강 언덕 금시당 나무는 우뚝 솟아 도로를 달리는 이들의 시선을 붙잡는다. 의령 곽재우 생가 앞 우직한 장군 같은 몇 아름드리의 나무, 달성 도동서원 앞에서 굽이굽이 갈래 친 나무, 유연정悠然亭 과 어우러져 가을의 깊이를 더하는 경주 운곡서원 나무, 서석지의 고풍을 완성하는 영양 연당마을 은행나무…. 유적지마다 각기 다른 자태로 가지 뻗친 은행나무들은 그 자체가 역사로 계절 풍경을 이룬다.

이런 나무를 대하면 나무를 처음 심은 이의 존재를 그려보게 된다. 어떤 이가, 어느 시절에, 어떤 꿈을 품고 이 자리에 심었을까. 묘목이 시간이 흘러 줄기를 굵게 뻗고, 이토록 무성한 가지로 후세의 마음을 울릴 거라 내다봤을까. 심은 이는 세상을 떠났더라도 나무는 그 꿈을 묵묵히 품고 키워냈을 것이다. 오직 시간과 계절의 언어로 묵묵히 자신의 이야기를 들려줄 뿐.

비보림으로 심은 나무 군락도 빼놓을 수 없다. 마을 입향조가 터를 잡고 마을을 형성할 때 바위 하나 나무 한 그루도 함부로 놓지 않았다. 특히, 마을 지세의 부족함을 보완하려고 비보 나무로 동백나무 팽나무 소나무 느티나무 왕버들을 심고 마을 안녕을 기원했다. 마을의 약한 기운을 보강하고, 나쁜 기운은 막고자 했다. 방풍림도 겸했다. 그런 목적으로 심은 나무가 세월을 머금고 울창하게 자라 만세에 푸른 기운을 전한다.

이 비보림이 현세에는 든든한 마을 자산으로 존재감을 가진다. 대구 옻골마을 어귀를 지키는 느티나무숲, 천연기념물인 의성 사촌마을 '사촌리 가로숲'의 낙엽활엽수림, 역시 천연기념물로 지정된 성주 '경산리 성밖숲' 왕버들군, 천년을 산 제주 '성읍리 느티나무 및 팽나무군' 등. 이들 나무에 생긴 울퉁불퉁한 옹이를 보면 나무에도 영이 깃드는가 싶어진다.

인간은 고작 백 년 남짓 머물다 흔적을 거두고 떠난다. 사람을 품었던 집은 허물어져도 나무는 처음 뿌리 내린 자리를 끝내 지킨다. 세월의 격랑 속에서도 우직하게 터를 지키는 나무를 어찌 가벼이 여기랴. 나무는 떠나는 이들의 흔적을 품고 흔들림이 없다. 오로지 그 자리에서 시간을 증언한다.

고향 마을 어귀에 선 느티나무는 내게 유독 각별하다. 유년의 한가운데, 푸성귀를 팔러 장에 간 어머니를 기다릴 때 그 늘을 내주었던 느티나무는 나의 시간에서 덜어낼 수 없다. 가지런한 하얀 수염에 곰방대를 문 할아버지가 앉아계시던 자리. 그동안 나무는 가지를 맘껏 뻗고, 서너 아름에 달하는 둥치로 몸피를 키웠다. 할아버지는 오래전에 저세상으로 가셨지만, 나무 그늘에 서면 그곳에 앉아계시던 할아버지를 만난다. 여전히 모시옷을 입고 인자함이 드리운 표정이다. 느티나무는 시공간을 넘어 기억 속 자리를 지킨다.

눈길 한 번 주지 않았던 나무들이 새삼스레 눈에 들어온다. 집 인근의 상습 교통 체증 구간인 미남교차로 주변을 둘러싼 금강송 군락지다. 어느 날 교차로에 선 나무를 세어보니 무려 예순 그루가량이다. 자동차 물결 속에서 용케 버티고 선 나무들이 기특하다. 사람들은 알까? 만덕터널로, 동래로, 사직과 금강공원으로 향하는 사방 소통 길목을 굳건히 지키는 푸른 금강송의 존재를.

문득 상상해 보았다. 만일 이곳에 자동차가 지나지 않는다면, 가지마다 학이 하얗게 내려앉는 광경이 펼쳐지진 않을까 하고. 도심 천에 오리가 노니는 정경처럼 금강송에도 학이 깃들지 않으리란 법도 없으니까. 생각을 바꿔 보니 이 교차로는 짜증나는 만성 정체 상징 구간이 아니다. 금강송을 관망하는 고요한 갤러리나 다름없다. 이곳을 통과할 때 교통 흐름이 느려지면 기쁘다. 차가 신호를 기다리는 동안 금강송의 안부를 묻고 계절을 읽을 수 있으니까. 자동차 정체가 오히려 축복이라고 인식을 바꾸자 희한하게도 기다리는 시간이 지루하지 않다.

나무는 어느 장소를 기억 속에 각인시킨다. 특정한 장소에서 특별한 나무 한 그루를 내 나무로 삼아 두면 어떨까. 그 나무를 만나러 가는 일이 곧 그곳을 찾는 이유가 될 테다. 쇠미산 어딘가에도 하늘로 기세 좋게 치솟은 내 소나무 한 그루가 산다. 지금은 하나뿐이지만 장차 둘째도 가질 예정이다. 두 번째는 어디에서 만나게 될지. 이런 상상으로 생각을 굴린다.

범종 소리 흐르는 저녁

배경으로 나앉는 일

　배경이란 주류의 뒤에 서는 일이다. 전면에 나서지 않는 배경이라는 말은 보이지 않는 힘을 내포한다. 그것은 숨겨진 사정으로 읽히기도 하고, 미치는 영향이나 파급력 같은 힘으로 해석되기도 한다. 어쨌든 배경은 주인공 뒤로 나앉는 자리다.

　잘나가는 집안을 두고 배경이 좋다고들 한다. 줄을 잘 서서 운이 따른 이를 향해서는 그 배경을 들먹인다. 사람들 간의 관계망을 배경으로 해석하는 방식은 복잡하고도 미묘하다. 결국, 배경은 드러나지 않으면서도 지탱하는 힘이자 원동력이 되기도 하는 것이다. 우리가 인식하지 못하지만 실상 그 어느 것보다 중요한 역할이며, 뒷면에서 혹은 어떤 장면을 완성할 때 없어서는 안 될 힘을 발휘한다. 때로는 눈에 띄지 않게 주인공을 돋보이게 하고, 자리를 깔아주는 역할을 하는 게 배경이다.

사진을 찍을 때 배경이 될 장소를 신중하게 고른다. 무심코 지나칠 수 있는 그 배경이, 순간을 담는 한 장의 사진에서 얼마나 중요한 역할을 하는지 알기 때문이다. 그 자리는 특별한 기억으로 남는 곳이어야 하며, 그 앞에서 우리는 순간을 남기려고 한다. 배경이 평범하고 밋밋할수록 주인공이 돋보인다. 정돈되지 않은 배경이나 혼란스러운 공간에서는 주인공이 존재감을 부각하지 못할 수 있다. 이럴 때 배경은 결과물을 결정짓는 중요한 요소다.

연륜이 어느 정도 쌓일 즈음에는 자연스레 배경으로 물러나게 된다. 전면에 나서지 않겠다는 자발적인 결단이 아니라, 사회와 제도에서 밀려난다는 느낌이 강하다. 일종의 전락이다. 마음은 여전히 팔팔한데 사회는 후면으로 나앉으라고 압박한다. 자신 의지와는 상관없이 주류에서 밀려나는 순간, 존재감이 훅 사라지고 투명 인간이 된 느낌을 강하게 받는다. 결국, 순리로 받아들이고 달관해야 한다.

삶의 나침반이 종착점으로 잡힌 때다. 뵈지 않는 시간이란 게 굽이쳐 흐르는 여울물보다 빠르다. 그 흐름에 동승해서도 배경으로 나앉는다는 생각을 미처 하지 못했다. 거리에서나 대중교통을 이용하며 사람들 연배를 눈대중해 본다. 나를 기준점으로 위쪽보다 아래쪽 연령대가 많아 보인다. 그만큼 연륜이 높아졌다는 뜻이다. 시간은 내가 의식하지 못하는 사이에 나를 비주류

범종 소리 흐르는 저녁

쪽으로 분류해 놓았다.

언제부터인가, 스스로 객관화해 바라본다. 어느 여행길에 쓴 현실을 경험한 후로 그리하게 된다. 연배가 각기 다른 대여섯 명과 숙박과 경비 일체를 제공받는 팸 투어로 태국을 여행했다. 여행업자와 기자가 섞인 그룹으로 대략 서른 초반부터 쉰 초반까지였다. 이 나이의 상한선을 훌쩍 벗어난 나는 누가 봐도 최연장자였다. 공항에서 일행을 처음 만났을 때 그 점을 눈치로 간파한 순간, 누가 나를 지목하여 말하지 않았건만 스스로 위축되고 말았다. 그룹에서 열외가 되어버린, 나이 지긋한 마님으로 분류된 기분이랄지. 내가 속한 부류에서는 아직 고개 숙일 대상이 많은 연배다. 나보다 연장자도 많다는 의미다.

이런 상황이 역전되어 하루아침에 연장자로 취급되고 원치 않은 챙김을 받자니 여간 불편한 게 아니다. 특별한 대접이면 고마워야 하는데 되레 처량해졌다. 이는 여행하면서 스스럼없이 어울리게 하는 데 허물기 쉽지 않은 장벽이 되었다.

예상치 못한 유쾌하지 않은 기분은 여행하는 내내 그림자처럼 따랐다. 엔간해선 낯을 가리지 않고 어울리는 편이다. 최연장자라는 말 한마디가 비수처럼 꽂혀 용기가 풀썩 꺾였다. 챙김을 받는다는 건, 실은 무리에서 소외당하는 거와 다름없는 일이란 걸 그때 알았다.

다른 그룹에서 함께 여행한 그 연장자도 이런 기분이었을까.

나도 그 연장자에게 내가 받은 것과 똑같은 대우를 했다는 생각
이 퍼뜩 스쳤다. 또 다른 팸 투어에서 우리가 또래끼리만 찰떡
처럼 붙어 다니며 여행을 즐길 때, 그는 뒤에서 어정대며 군식
구처럼 섞이지 못했다. 못 섞였다기보다는 그룹이 그를 끼워주
지 않았다는 게 맞겠다. 나를 포함한 모두가 그를 그림자 취급
했다는 걸, 내가 뼈저리게 겪고서야 깨달았다. 그에게 뒤늦은
미안함이 들었다.

특별한 대우를 받음을 계기로 내가 선 위치를 살피게 된다.
내 나이 서른 살쯤에는 고작 마흔이 넘은 사람도 늙은이로 보였
다. 지금에 마흔 나이를 돌아보면 청춘이나 다름없다. 앞서 산
이들 나이에 도달해서야 시야에 한계가 있었음을 깨친다. 지하
철 경로석에 앉기에도 어정쩡한 세대다. 심적으로는 안정되고
편안한 시절이지만, 사회에서는 스스로 적응해야 하는 새로운
과도기에 들어선 느낌을 지울 수 없다.

한때 배경음악 주류였던 뉴에이지 음악에 심취했다. 그리스
출신 야니를 선두로 유키 구라모토, 앙드레 가뇽, 케빈 건, 엔
야, 양방언 같은 이들이 연주하는 신비롭고 감미로운 감성 선율
에 마음을 기댔다. 야니 연주를 들으러 올림픽 체조경기장으로
달려갔으며, 일본의 감성 연주자 유키 구라모토가 부산에 왔을
때도 한달음에 달려갔다. 블로그에 배경음악으로 이들 연주를
깔고, 시 낭송 음악으로 쓰고, 시디로 구워 선물했다. 이처럼 아

름다운 게 배경이라면 배경이 되는 나이도 뿌듯하겠다. 그러나 중심에서 밀려난 씁쓸함은 심기를 가라앉힌다.

이런 하소연을 들은 친구가 그랬다. 뒤로 느긋하게 나앉을 때가 되었으니 받아들여야 한다고. 하긴 이 불편한 진리도 사춘기나 갱년기 같은 통과의례일 터. 이참에 든 생각은 전면에서 물러난 조연이면 어떠냐는 거다. 윗세대가 내려다보기에는 지금도 그저 좋은 시절이겠거늘. 하니 배경으로 나앉음에도 순응할 때다. 속내는 부득부득 쓴웃음 짓더라도.

지리산 삼사 초록 抄錄

    윤달이 들면 불자들은 분주하다. 산 자를 위한 예수재를 봉행하고, 삼사 순례에 나서며, 공덕의 꽃이라는 가사를 시주하여 공덕을 짓는 불사를 실천한다. 나에게는 그런 깊은 불심이 없다. 더구나 가톨릭 신자이면서 절이 품은 적막하면서도 아늑한 기운에 이끌린다. 녹음이 짙어가는 지금은 천지의 신이 잠시 눈을 붙인다는 윤달도 아니다. 그저 절이 좋아 절을 찾아 나선 걸음이다.

    범패 梵唄 의 성지 쌍계사, 천년의 화엄 성지 화엄사, 화엄사 말사인 천은사는 지리산 삼대 사찰로 꼽힌다. 통일신라, 백제, 신라 시대에 창건된 세 절은 오랜 세월을 품은 고즈넉한 숨결로 마음을 어루만진다. 쌍계사는 해동 범패의 근본 도량이다. 언젠가 지리산 둘레길을 걷는 길에 쌍계사에 들렀다가 범패공연을

범종 소리 흐르는 저녁

만났다. 스님이 부르는 범패는 귀에 익숙한 가톨릭 성가와는 결이 다르면서도 깊은 울림으로 스몄다. 저 먼 신라 시절, 월명사가 지었다는 향가 도솔가를 범패 시원으로 본다면, 쌍계사는 천년 동안 그 전통을 이어온 사찰임에는 틀림없는 듯하다. 고요한 절간에 생소하지만 낯설지 않은 범패 소리가 진감선사탑비를 휘돌아 절 마당에 자욱이 깔리던 날이 가물거린다.

쌍계사는 은행나무로도 기억된다. 일주문 근처에, 팔영루 마당에, 금당으로 오르는 계단 옆 은행나무가 마음속 볼거리다. 금당으로 가는 가파른 계단 끝에 조붓한 돈오문이 나오고, 그 문을 들어서면 기와 얹힌 낮은 담장 너머로 우뚝 선 은행나무를 만난다. 이곳 샛노랗게 물든 은행나무는 가을의 절정을 수놓는다. 온통 순금 빛인 나무가 하늘을 드리운 광경은 마주하면 눈이 부실 지경이다.

이 돈오문에서 금당으로 가는 계단이 108개. 파초가 싱그러움을 더하는 팔상전을 끼고 계단을 끝까지 오르면 마침내 높직이 앉은 금당을 만난다. 금당은 법당에 불상이 아닌 탑을 모신 국내 유일한 전각이다. 이 전각 마당에서 내려다보는 절 풍경이 불전 못지않게 평화롭다. 절 지붕이 겹겹이 어울린 정경을 보러 왔는데 오호라. 금당 선원은 하안거 중이다. 음력 4월 보름은 돈오문에 빗장이 걸리는 시기란다. 예까지 와서 돌아서는 허탈하던 심기가 대웅전 앞 천년 마애여래좌상 미소 앞에서 스르르

녹는다. 그예 서운함을 풀고 쌍계사 일주문을 나선다.

화엄사로 서둘러 가니 보제루 뒷문이 활짝 열려 있다. 겨우내 닫혀 있던 문마다 액자 풍경처럼 사람 몇이 얼굴을 내밀고 앉았다. 저런 명당에 앉아 세상을 내다보았으면. 서두르다가 그냥 지나친 적이 한두 번이 아니기에 보제루 섬돌에부터 앉는다. 드문드문 앉은 사람들 사이로 여름 한낮 나른한 시간이 흐른다. 저만치 계단 위로 대웅전과 고사거찰古寺巨刹 각황전 색바랜 처마, 그 옆 매화나무 어르신도 다 그대로다. 그리던 풍경 속에서 충만한 유월 어느 날이다.

화엄사 매화가 필 때 화엄사에 가보면 안다. 사람들이 부처전보다도 먼저 찾는 게 이 나무라는 걸. 눈앞은 녹음 푸르른 시절, 삼월에 통째 꽃불 피운 고목도 녹색으로 생기차다. 법당에서 흘러나오는 예불 소리에 꽃진 매화나무도 수행에 든 시간, 이 나무 그늘 한쪽을 차지하고 앉으니 기도처가 따로 없다.

매화나무 아래로 꽃잎이 나긋이 내려앉은 자리다. 언제 이 향기로운 그늘에 앉아 마음을 쉬어 보랴. 각황전 옆문 앞에는 불공을 드리러 온 이들이 벗어둔 신발이 열 몇 켤레는 되겠다. 신발들이 저마다 사는 양상만큼이나 다채롭다. 절집에 왔으니 삼배 정도는 올리는 게 도리일 터. 설어 엉성하게 삼배를 조아리고 화엄사 일주문을 나선다. 흑매 향기가 그윽하게 감도는 절에서 더 머물고 싶은 아쉬움이 그림자처럼 뒤따른다.

범종 소리 흐르는 저녁

'새벽녘 수홍루에 서서 물안개가 퍼져나가는 시간을 바라봅니다.'라는, 천은사 주지 대진 스님이 절 홈페이지에서 한 인사말처럼, 천은사 앞 지리산 계곡에는 맑은 물이 흐른다. 보물 아미타후불탱화도 뒷전이고 잎이 한창 무성한 보리수나무로 향한다. 연한 겨자색 꽃이 조롱조롱 피어 잎과 꽃이 반반이다.

이백오십 년간 이곳을 지킨 보리수나무 아래 벤치에 앉아 극락보전에서 흐르는 나무아미타불 염불을 원도 없이 듣는다. 가만히 귀를 기울이니, 비구니 스님 목소리가 애절하다. 심취한 듯, 애원하는 듯, 곡진하고 간절한 염불 소리가 가슴을 적신다. 초록 그늘이 짙어가는 지리산 자락에 목탁 소리와 염불 소리가 낭랑하게 절 공간을 흘러 하늘로 번져나간다.

살아가며 자포자기와 순응 사이를 헤맬 때는 없던가. 그럴 때 의탁하고 싶은 자신만의 장소를 가졌는가. 풀 내음 진동하는 산야를 떠올려 보라. 눈이 소처럼 순해지고, 겹겹의 번뇌에서 벗어나게 하는 초록의 품. 그 속에 옴팍하게 자리 잡은 고적한 절 지붕이 아삼삼하게 떠오르지 않는가. 그럴 때 길을 나서는 거다. 쌍계사 금당에서, 화엄사 각황전에서, 천은사 보리수나무 아래에서 마음을 쉬어 보라. 그러고는, 천년을 스치었을 바람의 배웅을 받으며 속세로 돌아오는 것이다.

청춘에 무늬 진 부마항쟁

근무지가 마산합포구 창동 1번지다. 이십 대 초반을 지나던 10월 어느 날, 직장 창밖으로 어깨를 맞댄 청년들이 길을 메우고 행진하는 걸 목도했다. 지역 대학생이라는 그들 행렬은 꽤 길게 이어졌다. 보기에도 뭔가 큰일이 난 성싶었다. 사무실이 술렁댔다. 그날은 1979년 10월 18일, 부산대학교 학생들이 항쟁의 불씨를 지핀 지 사흘째 되는 날로 그 순간이 역사적으로 어떤 의미를 띠는가를 후에야 알았다. 거대한 흐름의 서막을 알리는 신호탄이었다는 걸.

그 일이 있은 지 며칠이 흘렀을까. 출근하는 직장 문 앞에서 군인이 가로막았다. 직원이라고 밝히자, 그는 신분증을 확인하고야 출입을 허락했다. 왜 이들이 직장에 주둔했는지, 언제까지 머물지는 알지 못했다. 군인들은 직장 앞을 지키고, 사무실을 지켰다. 보안시설이라서 지키는 것인지, 감시하는 것인지 알 수 없는 그들과의 동거는 신경 쓰이고 불편했다.

어느 날 점심시간에 본 광경이 선연하다. 직원들이 구내식당에서 김이 피어오르는 따뜻한 밥을 먹고 있을 때, 군인들은 식당 밖 시멘트 바닥에 쪼그려 앉아 가져온 도시락을 먹었다. 그때 졸병으로 보이는 한 병사가 도시락이 모자랐던가, 점심을 굶던 모습이다. 식당에서 따뜻한 밥을 먹으며 그를 힐끗 바라보다가 미안한 마음에 눈길을 돌렸다. 주방 아주머니가 그에게 들어와서 밥을 먹으라고 몇 번이나 권했지만, 그는 사양했다.

아마도 당시의 서슬 퍼런 분위기가 그의 마음을 굳게 막았을 것이다. 내 또래로 보인 그 병사에게도 부마항쟁은 청춘의 한복판에 강렬히 각인되었으리라. 내게도 그날 한 끼를 굶은 군인이 오래도록 묵직한 여운으로 남은 것처럼.

부마민주항쟁은 1979년 10월 16일부터 10월 20일까지 부산시와 경상남도 구마산시 등의 지역에서 일어난 민주화 운동을 일컫는다. 시간이 한참 지나고 알았다. 그때 마산과 창원 일원에 내려졌던 조치가 위수령이었다는 사실을. 위수령이란 육군 부대가 특정 지역에 주둔하며 그곳의 경비와 질서를 유지하고, 군기의 감시와 군 시설물 보호를 규정한 대통령령이라고. 돌아보면, 그들이 직장을 경비하고 시설을 보호해야 할 만큼 위급했던가 하는 생각이 든다. 그들의 존재는 보호라기보다는 감시에 가까웠다. 군인들 눈길 속에서 행동조차 조심스럽고 신경이 거슬렸다. 시대 흐름에 그들은 명령을 따랐을 테지만, 그 시선 속 우리는 긴장을 놓을 수 없는 시간의 연속이었다.

그날, 항쟁 여파로 인해 집으로 가는 찻길이 막혔다. 밤에 먼 길을 걸어서 퇴근했다. 웅성대는 시민 속에서 이게 무슨 일인가 하고 가슴이 콩닥댔다. 혼란과 긴장 속에서 별 탈 없이 집에 도착한 것만도 다행이었다. 어떤 이가 그랬다. 자신은 그 시월 항쟁 때 헌병으로 복무하며 몇 명을 붙잡아 들였다느니 하고. 처한 여건에 따라 같은 시국도 이렇게나 다르게 마주할 수 있다니. 손바닥의 앞면과 뒷면처럼 누구는 저항의 최전선에 서고, 누구는 그 저항을 탄압하는 자리에서 명령에 따라 움직였던 역사였다.

마산 창동, 부마민주항쟁의 흔적과 3·15의거 발원지라는 역사의 무게를 품고 있는 그곳은, 내게는 또 다르게 다가온다. 창동은 상업과 문화의 중심지로 활기가 넘치던 거리였다. 나는 그곳에서 파릇한 젊은 날의 시간을 보냈다.

창동 곰다방에서 남편을 처음 만났다. 제 아버지 양복을 입고 나왔다는 대학생과 미팅했으며, 입대를 앞두고 고향에서 인사차 찾아온 애송이 첫사랑을 만났다. 마산어시장과 부림시장이 가까워 편리했던 그곳. 오동동어시장에서 회식했고, 퇴근길에 부림시장에 들러 옷을 고르고 먹을거리를 샀다. 예·적금을 홍보하기 위해 상인들에게 웃으며 다가갔던 일도 잊을 수 없다. 생일이 같은 옆 건물의 남자와 소개팅 약속을 잡았던 날도 있다. 부끄러워서 다방 문을 열지 못했던, 떨리던 그때 마음이 속속 스미었을 창동 골목이다.

한 기관지에 실린 '부마민주항쟁 40주년' 특집 기사를 봤다. '1979년 10월, 그날의 부마항쟁'을 담은 사진에 숨이 턱 막히고, 기억은 단숨에 거슬러 그날로 나를 데려간다. 직장과 거리에서 보고 겪은 생생한 실화였기에, 사진 속 장면들은 기록이 아니라 내 청춘의 일부로 보였다. 민주항쟁이 시작된 10월 16일이 국가 기념일로 지정되었다는 기사다. '세상을 바꾼 부산 시민 여러분이 역사의 주인공입니다.'라는 구호에 가슴이 뛴다. 그날의 열기가 어제 일처럼 선명하게 되살아나서다. 40년이라는 세월도 머릿속 강렬한 기억을 빛바래게 하지는 못한 것 같다.

창동에서 보낸 날들은 청춘의 나이테에 또렷한 무늬로 남았다. 그곳 거리는 풋풋했던 나의 숨결을 기억이나 할지. 한때 찬란했던 젊음의 흔적을 찾아 그곳에 가고 싶은 날이다.

제2부

감성을 터치하다 2

...

파초가 있는 풍경

우리 집 거실에 파초가 자란다. 여름 땡볕을 흠뻑 들이켜며 잎새 뻗치는 여유와 기상이 좋아 보였을까. 더위에 헉헉대던 어느 날, 절에서 만난 파초의 싱그러움에 위안을 받아서일까. 더위에도 무던한 파초 한 뿌리 있으면 하고 바랐다. 야자와 행운목도 좋지만, 생생한 잎을 활짝 편 파초 한 뿌리 갖고 싶었다.

파초를 들먹이면 이태준의 수필집 『무서록』을 아니 떠올릴 수 없다. 박연구 수필가가 고서점에서 고색이 창연한 마분지로 된 수필집 한 권을 들고 몸을 떨기까지 했다던 그 무서록. 책장에 범우문고판 『무서록』이 있어 가끔 꺼내 편다. 거기에 실린 짧은 수필 「파초」를 다시 읽곤 하는데, 몇 군데 밑줄을 그어 놓았다. 특히, '나는 그 밑에 의자를 놓고 가끔 남국의 정조情調를 명상한다.'라는 문장을 되읽으며 파초 심은 정원을 꿈꾼다.

절 돌담 옆이나 대웅전 계단 옆에 나무인가 싶을 만큼 시푸른 풍채가 단연 으뜸이던 파초. 쌍계사 팔상전과 금당 가는 길에, 직지사 응진전에, 예천 장안사, 해인사, 사천 다솔사 적멸보궁에서 파초를 만났다. 법당에서 흘러나오는 독경을 넓적한 잎사귀로 새겨들었을 파초가 눈에 들기 시작했다. 시원스레 뻗친 잎에 투두둑 듣는 빗소리를 들으려고 창가에 심었다는, 옛 문인의 고상한 풍취를 흉내 내고 싶었는지도 모르겠다.

이런 속내를 읽은 지인이 1미터 키가 너끈히 되는 파초 심은 화분을 들고 왔다. 여린 초록 잎을 달고 온 파초 화분을 본 순간, 해후상봉한 듯 그 앞에 쪼그리고 앉았다. 가슴이 요동치기까지 했다. '요게 언제 자라서 키 큰 내가 들어설 만치 그늘이 지나' 하며 한심해했다는 이태준 작가가 그랬던 것처럼.

차향이 마당에 번지는 어느 집에서 분양받았노라고. 그곳 마당에 있다는 파초를 보러 염치 차릴 새 없이 달려갔다. 주택가 골목에 들앉은 파란 대문을 들어서니, 하늘이 제 영역인 듯 3미터는 좋이 자란 늠름한 파초가 눈앞에서 푸르르다. 절에서 보던 파초가 도심 주택에 있을 줄이야. 부럽고 놀라움에 한동안 파초를 보고 섰다. 파초가 창밖으로 보이는 차실에서 너울대는 파초와 눈 맞추며 차를 마시는 운치에 나른하다. 비 오는 날 창문을 활짝 열어놓고 파초를 보며 마냥 앉아 있으면 좋을 정취다.

나올 때 보니 대문간에 엎어놓은 장독이 특이하다. 엎은 장독의 용도가 분명 있을 테다. 아니나 다를까. 그곳은 주인이 앉아 파초를 감상하는 의자란다. 주인 멋스러움이 보통 이상이다. 앞집 사람도 옥상에 올라 이웃 마당 파초를 보는 기쁨을 누린다니. 마당에 파초가 사는 집 주인도, 파초를 이웃한 이도 부러울 지경이다.

파초가 집에 온 지 며칠째 되던 날, 또르르 말린 싹이 한 뼘이나 삐죽 자라있다. 어느 한시에서 읽은 '봉함된 서찰'처럼 품을 돌돌 여미었다. 펼친 잎을 보고 싶은 마음이 성급하지만, 혹 부담 줄까 무심한 척 엿본다.

비라도 내리는 어느 날엔가는 차향 날리는 그곳으로 파초를 보러 갈지도 모르겠다. 손바닥만 한 마당이 있으면 좋겠다. 반나절 해가 지나가는 자리에 파초를 심고, 그 잎이 드리운 푸른 하늘 아래에 의자 하나 놓아두련만. 파초가 내 키를 넘어 자랄 때까지 고이 키울 텐데.

칩거하다시피 하던 여름 막바지에는 또 파초를 만나러 길을 나선다. 표충사로 인근 신흥사로 들르지만 기대한 파초가 없다. 절이라고 다 파초가 있는 게 아니라 실망스럽다. 돌아오는 길에 배내골 어디쯤을 지날 때였던가. 길쭉이 자란 초록 줄기가 선명하게 보이는 절 하나가 퍼뜩 스친다. 뒤돌아 멀리 봐도 파초가 분명하다.

발길을 돌렸다. 입구 모과나무에 모과가 조랑조랑 열린 법관

사라는 절이다. 가정집처럼 아담한 절에, 찢어져 너풀거리는 파초가 처마 높이로 자랐다. 조용한 절을 지키는 사천왕 같다. 파초가 있어서일까, 후끈후끈한 늦여름을 지나는 절이건만 전혀 적요하지 않다. 때마침 소나기가 한줄기 마당을 훑고 지나자 커다란 잎이 놀란 듯 출렁거린다. 잎새에 죽죽 그은 실금이 갈라져 너울댄다.

학창 시절에 들은 노래 '파초의 꿈'은, '태양의 언덕 위에/꿈을 심으면/파초의 푸른 꿈은/이뤄지겠지'라고 노래한다. 노랫말이 따듯한 위안을 보낸다. 주변 누군가도 마당을 갖게 되면 파초를 심으리라고, 파초를 보러 다닌다고 했다. 그도 파초가 풍기는 싱그러운 위로를 받고 싶음이리라.

하고많은 외로움 속에서도 언젠가 땅을 딛고 일어서리라는 저 노래의 뒤 구절이 파초의 속내 같다. 갑자기 터전이 바뀌었음에도 불구하고 파초는 여전히 당나귀 귀 모양으로 잎을 펼치며 자리를 잡아간다. 그 모습이 대견하다. 쓰다듬고 싶지만 눈길에 마음을 듬뿍 싣는다. 꿋꿋하게 뿌리내리거라.

숙연하게 피는 꽃

부산은 유적의 시간이 흐르는 도시다. 천년 세월을 품은 고찰 범어사의 숨결을 느낄 수 있고, 임진왜란 당시 격전의 중심이었던 동래읍성은 역사를 잊지 않겠다는 듯 오늘도 굳건히 서 있다. 다대포 왜성은 일본군 거점이었던 흔적을 간직하고 있으며, 기장 죽성리 왜성도 있다.

또한, 가야 시대의 자취인 복천동 고분군은 언덕 위에서 지난 왕국 이야기를 전한다. 그런 유적 사이에서도 세계에서 유일한 유엔군 묘지인 유엔기념공원은 평화를 염원하며 묵묵히 세상을 바라본다.

유엔기념공원에 각별한 관심이 간다. 부산을 알릴 때 첫 번째로 추천하고 싶은 장소다. 어느 날 문득, 그 고요한 정적 속을 거닐고 싶어지는 곳이다. 오월 장미가 형형색색으로 피어 영령

들을 위로하며 물들이는 때나, 매화 향기가 공원 전역에 안개처럼 깔리는 쌀쌀한 봄날씨에, 또 11월 11일 11시 추모사이렌이 울릴 때 그곳에 있고 싶어진다.

세상 문턱을 갓 넘은 나이에 별이 된 이들, 그들이 잠든 묘비 앞에 서면 부모인 듯 한없이 애석하다. 그들 어머니가 된 심정으로 묘비 사이를 걷는다. 그곳에 홍매화가 피었다는 소식이 들리면 가슴이 싸해진다. 찬 기운이 옷섶을 여미게 하는 이른 봄, 삭막한 공원에 추모의 숨결을 지피는 게 매화인가 싶다.

언제나처럼 경내에는 정적이 흐른다. 걷기만 해도 마음이 고요해지는 곳, 바람조차 사뿐히 스쳐 가며 사색을 돕는다. 색색으로 피던 장미꽃은 바짝 말라 쪼그라들고, 덩굴은 앙상하다. 동면에 든 잔디는 겨울 햇살 아래서 노랗고, 생기 띤 것이라고는 없는 유엔공원 한쪽에서 붉은 생명의 빛이 눈에 띈다. 홍매 두 그루가 깡마른 가지에 조롱조롱 꽃을 매달았다. 삭막한 겨울 풍경 속에서 오롯이 제 몫의 생명을 피워 올린, 봄의 첫 번째 흔적이다.

박지원의 『열하일기』 7월 8일 갑신일 편에 '울 만한 곳 타령'이 나온다. 열흘을 가도 지평선만 보이는 요동벌을 만난 연암은 "한바탕 울 만한 자리로구나."라고 혼잣말한다. 천지간에 넓은 시야가 펼쳐지는데 새삼스럽게 울음이라니. 좁은 조선 땅에 비교되지 않을 광활한 장소에서, 가슴이 턱 막히는 감동으로 전율

하는 연암을 상상한다. 끝물 향을 푸는 매화 꽃나무 아래 선 마음이 그랬다. 정렬한 많은 묘비석과 새소리도 없는 적막한 계절에 홀로 꽃 피운 나무, 봄을 목전에 둔 빈 시기를 채워준 매화가 애처롭고 기특하다.

19세, 20세, 21세⋯. 푸릇한 생을 타국 전쟁에 희생하고 고국에 돌아가지 못한 청춘들. 이 아까운 절명 앞에 조문하는 마음으로 가만히 걸음을 옮긴다. 한국 전사자 쪽으로 가는 길에 걸음이 붙잡힌다. 22세 터키군인 묘비 앞에 사진액자가 하나 기대어 있다. 액자 속 사진을 보아하니 이곳에 묻힌 스물둘의 청년은 아닌 듯하다. 아마 청년의 아버지려니. 그 얼굴에서 청년 얼굴을 본다. 아들의 혼을 타국에 둔 부정 父情이 얼마나 사무쳤을까. 액자 뒤쪽을 보니 비에 젖어 얼룩이 졌다. 아비가 적신 눈물 같다. 이렇게나마 아들과 함께하고픈 아비의 애틋한 마음에 가슴 저리다. 전쟁이 엊그제였는 듯 눈앞이 뿌예진다.

눅눅한 마음을 달래주기라도 하는 건가. 갑자기 트럼펫 소리가 묘지 하늘에 구슬프게 흐른다. 유엔기가 게양대를 오르는 중이다. 정각 열 시. 헌병 두 사람은 지켜보는 이가 없어도 몸을 곧추세우고 예를 다한다. 걸음을 멈추고 그들을 향해 손 모으고 섰다. 저 멀리 맞은편에도 한 사람이 의식에 동참하고 있다. 침묵 중에 묵념하며 이 땅의 평화와 이들 희생의 가치를 새긴다. 같은 곳을 향해 선 모두는 필시 같은 생각으로 고개 숙였을 것이다.

"대한민국 평화를 지키려다 전사하신 여러분, 고맙습니다."

유엔기념공원은 부산에서 반드시 가봐야 할 첫 번째 장소다. 세계 평화와 자유를 위해 목숨 바친 유엔군 전몰장병들이 잠든 곳이다. 바다와 산과 강이 고르게 펼쳐지고, 갈맷길과 원도심, 재생 마을과 골목, 카페 거리, 바다 일몰까지 부산은 다 갖췄다. 쉽게 접하기 어려운 이런 풍경을 다 가진 도시가 또 있을까. 유엔기념공원은 그 자체로 다른 곳에서는 경험할 수 없는 경건한 기운을 품고 있다. 한국전쟁을 단지 역사 속 이야기로만 알고 있는 세대가 그 역사를 몸소 느낄 수 있는 장소임이 분명하다.

세계 유일한 유엔군 묘지로 만들어졌기에 '재한유엔기념묘지'란 명칭이 붙었다. 하여 예전에는 유엔묘지라고 했지만, '재한유엔기념공원'이 정확한 명칭이다.

여름철이라고 슬리퍼를 신고 온다거나 하는 복장은 삼가는 게 예의다. 매년 11월 11일은 '유엔참전용사 국제추모의 날'이다. 부산은 이날 참전용사들을 기억하며 오전 11시 정각에 1분간 묵념하는 사이렌이 울려 퍼진다. 심란하거나 마음을 정리할 일이 있을 때 갈만한 장소로 점찍을 만한 곳이다. 걷는 중에 스스로 안식을 찾게 되고, 위안이 되는 공간이기에 그렇다.

터키군인 묘비 앞 액자를 말갛게 닦아 놓는다. 그 어버이가 두고 갔을 액자는 이 땅에 남겨진 젊은 아들을 향한 모든 부모의 애틋한 마음을 담고 있다. 먼 길 와서 사진을 두고 간 마음이 그 아들에게 닿았기를, 부디 그랬기를 간절히 바란다.

홍매가 흩날리는 봄날, 참전용사들 영령 앞에 머리 숙이고 자리를 떠난다.

세상의 아버지

아버지도 그리운 존재였던가. 아버지는 어머니보다는 대체로 덜 살가운 관계이어서일까. 어머니 없는 세상만 천애고아 심정일 줄 알았다. 아버지가 세상을 떠나신 지 몇 해이건만 뭉근한 그리움은 잦아들지 않는다.

꽃상여 타기 전까지도 업보인 양 일만 하신 아버지. 팔순에 영면하시고야 당신이 감자 심고 고추 심던 밭에 노곤한 육신을 뉘셨다. 어쩌면 상여 타고 밭으로 가던 짧은 봄날이 고단한 이승에서 누린 가장 호강한 시간이었을 것이다. 본가에서 신접살림을 나고도 큰집에 종종 불려 가서 머슴처럼 일했다는 아버지. 당신은 아무래도 세상을 잘못 만난 게 틀림없다.

큰아버지와 작은아버지가 고등, 대학물을 먹을 때 산에서 땔감 장만하며 학교에 가고 싶어 울었다고. 유전자에 흐르는 예능의 끼도 애초에 흙 속에 묻어버리고 우직하게 일만 했을 아버지. 올망졸망한 자식들 배 채우고 공부시키는 일이 오롯한 당신 생의 목표였다. 구두쇠라고 손가락질당하는 수모도 감내했다. 하지만 결국, 그 시절에 인근 고을에서 가장 많이 배운 자식들로 키워놓았다. 그 자식들에게 남다른 재능이 있다면 아버지에게서 비롯되었음을 믿는다.

　도시 골목에서 아버지를 닮은 이들을 가끔 만난다. 손수레를 끌며 골목을 기웃거리는 그들 얼굴을 보면 어김없이 아버지의 모습이 겹친다. 놀랍도록, 평생을 뼈빠지게 일만 한 아버지의 고단함을 그들에게서 읽는다. 햇볕에 그을린 구릿빛 피부, 볼살 없이 불거진 광대뼈, 깊게 팬 주름골마다 버거운 삶의 무게가 서려 있다. 그 눈빛에는 지친 하루를 견디는 우수가 배어 있다. 생전 아버지 얼굴이 떠오르는 이유다. 한 번도 볼록한 적 없던 아버지 뺨을 생각하면 슬프다.

　늘 비슷한 시간대에 지나가는 손수레 노인이 있다. 집 앞에 내놓은 폐지나 고물을 주워 담으려고 출근하듯 골목을 도는 시간대인 듯하다. 꼭 아버지만 한 작달막한 키에 바짓가랑이 걷어붙이고 종종걸음으로 손수레를 끌고 간다. 폐지라도 수북하게 실은 날엔 짐에 가려 끄는 모습이 보이지 않는다. 오르막길을 달팽이처럼 느리게 오를 때는, 가던 길이 바빠도 핸드백을 팔에 걸고 밀어주어야 맘이 흡족하다.

　　　　　　　　　　　범종 소리 흐르는 저녁

날씨가 서늘해지며 어느 날부터인가 노인이 보이지 않는다. 자주 보던 얼굴이 보이지 않자 그 빈자리가 문득 궁금하다. 들리는 말로는 그의 아들이 유명한 병원에서 일하는 의사라든가. 남의 집 구구절절한 사정까지야 알 수 없다. 수레 끄는 걸 볼 때마다 지지리 곤고했던 아버지 생을 보듯 맘이 쓰였을 뿐이다. 노인 안부가 궁금한 이유도 거기에 닿아 있다.

손마디마다 옹이가 앉고 손톱은 닳아 뭉툭했던 농사꾼 아버지. 당신에게 예인의 기질이 있다는 걸 어른이 되고도 한참 후에 알았다. 옛날 기억을 되살려 보면 관련하여 몇 광경이 짚인다. 산골 마을에서는 정월 대보름에 지신밟기를 한다. 마을 남자들이 다 나와 징 치고 꽹과리를 두드리고, 여인은 장구를 치며 집집을 돈다. 동네 아이들이 농악대를 따르고 나도 무리에 섞였다. 젊은 아버지는 꽹과리를 담당했다. 깨갱 깽 깽, 꽹과리 몸통을 왼쪽 턱과 어깨 사이에 끼고 입을 앙다문 표정으로 요란하고도 박자감 있게 연주하며 농악대를 이끈 상쇠였다.

마을 사람이 세상을 뜨면 집 앞 공터에서 상여가 나갔다. 수십 년 이웃해 살던 사람이 이승을 작별하는 날도 아버지는 큰 역할을 맡았다. 장정 상여꾼 일고여덟 명이 둘러멘 꽃상여 앞머리에 우뚝 올라서서 요령을 흔들며 앞소리를 메겼다. 아버지가 북망산천을 들먹이는 구슬픈 앞소리를 가락 곁들여 메기면 상여꾼이 이어받아 뒷소리했다. 소리를 반복하며 상여꾼은 발맞

추어 조금씩 마을을 벗어났다. 이 광경을 담장 너머로 지켜보던 아낙들은 앞치마를 걷어 올려 눈물을 찍어냈다. 어른들 틈에서 이를 구경하며 죽음이라는 걸 어렴풋이 받아들인 어린 시절이 환영처럼 흔들린다. 흰옷 입고 요령 흔들던 아버지도 연극 클라이맥스 한 장면처럼 기억 속에서 또렷하다.

아버지는 당신 생의 말년에 일탈 아닌 일탈을 벌였다. 평생 농사짓고 자식 공부시키며 사느라 숨죽였던 내면의 아우성을 더는 누를 수 없었던가 보다. 고향에 가면 어머니가 들으란 듯 혼잣말인 듯 투덜대셨다. 네 아버지가 부지깽이도 농사일을 거든다는 농번기에 들일 제쳐놓고 훼이훼이 읍내로 나간다고. 농기구도 일하던 논에 그대로 던져둔 채 새 옷으로 말끔하게 갈아입고 한량처럼 소리를 하러 간단다. 소리대회에서 받아온 상장까지 들춘다. 이런 종이 쪼가리가 뭔 소용이냐고. 솔깃해져서 보니 받아온 상장이 한둘이 아니다.

어머니 타박에 묘한 흐뭇함이 일었다. 겉으로는 공감하는 척하며 속으로는 아버지에게 조용히 박수를 보냈다. 뼈마디가 휘도록 고된 삶을 살아오신 아버지가 젊은 날의 노곤한 삶을 위로받듯 노래할 때, 그 짜릿한 일탈의 순간이 얼마나 큰 희열을 안겼을까. 평생 처음으로 온전히 자신에게만 시간을 허락했을 때 그 위로는 깊었으리라.

세상 아버지들의 수고는 숭고하다. 어머니 위상에 가린 그 묵묵한 이름을 새기게 되는 요즘, 가족 위해 생을 헌신하는 세상 아버지들 말년에 축복이 깃들기를.

만화방창 시절이 지나고, 아버지 기일이 돌아왔다. 묘소 앞 향나무도 제법 푸르고 잔디도 튼실히 뿌리를 내렸다. 아버지가, 당신을 편든 딸에게 불러주던 노래 한 대목 듣고 싶다. '청사~~안~리~~~벽~계~~수~~야~~~'

지루하던 그 소리가 그립다.

명태의 발견

썩은 명태를 본 적 있는가. 명태는 썩지 않는 철에 잡혀 어느 한 부분 버려지는 게 없는 생선이다. 함경도 명천 지방 어부 태씨가 잡았다는 데서 유래한 이름인 명태. 가난한 식탁에서도 허물없이 어울리는 이 생선은 생태, 동태, 황태, 코다리, 노가리 같은 이름으로 변신해 먹거리를 베푼다. 옛적 곤궁한 살림에도 무미한 듯 개운한 생선 맛을 알게 한 것도 바로 동태다.

북극발 한파가 덮치면 북엇국을 심심찮게 끓인다. 젊었을 적에는 몰랐던 은근한 감칠맛의 매력을 연륜이 차츰 알려준다. 북엇국이 추위에는 최고더라는 맛의 기억이 불쑥 살아나면, 먹기 좋게 자른 북어포를 들기름에 달달 볶아 국을 끓인다. 이때 무, 달걀, 파 정도만 들어가도 그 맛이 담백하여 먹을 만하다. 기실, 명태 본 맛은 밍밍하기 짝이 없다. 이를 두고 '우리 입맛에 순응

하기 위한 담백성 때문'이라고 한, 목성균 수필가의 해석을 곱씹고 고개 끄덕이게 된다.

무언가가 일상에 깊이 스며들면 거기에 익숙해져 오히려 관심권에서 벗어난다. 어느 날 그 존재를 인식하게 되면서 새삼스레 보게 되는 대상이랄까. 명태가 그렇다. 북어는 무엇이고 황태는 무엇을 칭하는 이름인가. 일말의 사색 없이 그저 북엇국을 끓이고, 맛있다는 식당에 가서 코다리찜을 먹었다. 길을 가다가도 코다리찜 식당을 보면 들어가서 맛보고 싶어진다. 양파를 잘게 다져 끼얹는 찜, 양념으로 뭉근히 조린 코다리조림도 먹어봤지만, 그중에서도 코다리를 튀겨서 탕수육처럼 조리한, 거창의 한 작은 마을에 있는 식당에서 먹은 코다리가 가장 먹음직했다.

무수한 이야기를 품었을 법한 대상이 있다. 생각할수록 직접 대면해서 속내를 나누고 싶어지는 것이다. 이를테면 매서운 날씨에 알몸으로 매달려 황태를 꿈꾸는 명태 같은.

명태가 떼로 매달려 숙성돼 가는 덕장을 보고 싶었다. 강원도 고성군 북방식 전통마을인 왕곡마을에 들를 겸, 인제군 용대리 황태덕장을 찾아갔다. 1월 중순의 용대리는 영하 11도를 오르내린다. 눈앞에 펼쳐진 산야는 온통 하얀 눈에 덮여 그야말로 눈 세상이다. 설국이라 불리는 북해도보다도 더 겨울답다며, 그곳에 가지 못하는 아쉬움을 털어낸다.

국내 황태 생산량의 70%를 차지하는 고장답다. 길을 따라 늘어선 간판마다 '황태' 일색이다. 제대로 된 황태덕장을 찾아서 낯선 길을 헤멜 때 산자락 국도를 따라 까맣게 늘어선 명태 떼가 보인다. 야호, 드디어 덕장이다! 유레카를 외치듯 탄성이 절로 나온다. 얼기설기 엮은 듯하지만, 굳건한 나무 지지대에는 거무튀튀한 명태가 빼곡하게 걸려 있다. 긴 겨울을 온몸으로 견디며, 시간이 말려내는 깊은 맛을 위해 자신을 건너는 중이다.

공기에도 명태 냄새가 흥건히 배어 있다. 비릿하면서도 짭조름한 내음이 공기에 실려 후각을 자극한다. 이상하게도 거북하지 않다. 이곳만의 풍경이며 냄새려니 여긴다. 아마도 이 냄새는 언젠가 불현듯 떠오를 것이다. 황태덕장 풍경과 함께 겨울바람 속에서 생을 말려가던 명태의 냄새로.

촘촘히 걸린 명태 사이로 움직이는 사람이 얼핏얼핏 보인다. 덕장 주인이다. 허락을 받고 덕장 눈밭으로 들어섰다. 짐승들에 세금 내는 것도 만만치 않단다. 밤사이 고양이, 까마귀, 삵 같은 동물이 뜯어 먹고 흘린 명태를 주워서 다시 걸거나 거둬들이는 중이라고. 이런 덕장 네 곳에 걸린 명태가 230만 마리 정도라니 그 어마어마한 양에 놀란다.

속초에서 내장을 빼는 할복 작업을 끝내고 이곳으로 온다. 영하 날씨에 전부 얼었다. 얼었다가 녹았다가, 명태를 말리기에는 최적지인가 싶다. 걸린 지 일주일 된 명태는 생태 색에 가깝다. 스무날 된 명태는 찬기를 쐰 시간만큼 누리끼리하다. 4월까지

범종 소리 흐르는 저녁

얼녹으며 생태는 황태로 변신해 간다. 4월이면 벚꽃 진달래가 피는 봄이 아닌가. 얼었던 명태는 겨울이 아닌 봄에야 확연히 다른 모습으로 몸을 바꾸어 세상으로 나오는 것이다. 그냥 말린 북어와 넉 달에 걸쳐 자연 기온에서 얼고 녹기를 반복하며 탄생한 황태 차이를 알게 된다.

명태 코를 꿴 줄 색이 구역별로 다르다. 빨강 노랑 파랑 노끈은 명태 크기를 구분하는 자체 표시 도구다. 제수용으로 나가는 크기에서 노가리 크기에 이르기까지, 전문용어로 3통에서 13통 정도의 크기 단위다. 명태는 각자 구역에서 아가미 벌리고 하늘을 향한 채 꽁꽁 언 상태로 열반에 들었다. 이런 명태 떼에 둘러싸여 그들 몸에서 배어 나오는 비릿한 내음에 문득 숙연해진다.

덕장에 매달린 명태는 얼어붙은 생의 한 대목을 닮아 있다. 매서운 바람을 견디며 숙성되는 건, 어쩌면 인간도 마찬가지일 것이다.

어머니가 언 듯 차가운 무를 칼로 툭툭 삐쳐 넣고 끓인 멀건 동탯국이, 지난한 시절 농촌의 가난한 부엌이 떠오른다. 비릿한 듯 비리지 않은 콤콤한 냄새, 누군가에겐 향수이기도 할 냄새. 오래 맡아서 익숙해진 그 냄새는 생태가 황태로 숙성되어 가며 발산하는 인고의 몸내였다. 이곳을 반추하면 줄줄이 매달린 명태보다도 냄새가 먼저 떠오를 것 같다. 흔하게 맡는 갯내가 아닌 구수한 바다 냄새로.

말린 명태 대가리를 한 포 샀다. 황태덕장을 보고 나니 대가리라 칭하기가 미안하다. 명태 머리 하나 푹 우려내면 떡국이나 국물 요리에 두루 맑고 담백한 감칠맛이 흐른다. 러시아에서 먼 용대리까지 와서 생을 소멸하는 명태. 얼고 녹느라 서너 달 여윈잠 설치고 황태로 변신하는 명태. 이제 황태포를 보면 귀히 예우하겠다.

덕장에 남은 명태는 얼고 녹기를 반복하며, 긴 침묵 끝에 마침내 제 생을 말려낼 것이다.

가을 심장부를 지나며

읽던 책을 가방에 넣고 기차를 탄다. 들고 있던 책을 마저 읽으려고 챙겨서 완행열차를 탔다는 어느 소설 속 문장을 흉내 낸다. 여정의 끝은 경주다.

노랗게 물든 은행나무 가로수길이 열리는 통일전 앞, 그곳을 향해 기차는 느릿느릿 선로 위를 달린다. 정겹고 낯선 바깥 풍경이 휙휙 스쳐 지날 때, 길 위의 나는 소설 속 주인공이 된 기분이다.

멀리 순천 댓바람을 싣고 온 기차는 역마다 정차해 손님을 싣는다. 아직 한 줄 읽지 못한 책은 무릎 위에 놓인 그대로다. 바깥 풍경에 홀린 때문이다. 줄곧 입석으로 내 옆에 서서 가던 중년 부부도 경주에서는 마침내 자리에 앉을 수 있겠다. 저 먼 동해안 강릉까지 간다고 했다. 경주에서부터 좌석이 나는데 그 자리가 바로 내가 앉아 있는 자리라고. 그들은 내가 앉은 자리를 빼앗기기라도 할까 봐 줄곧 내 주변을 지킨다.

남창역에서 타는 승객 사이로 봄바람도 함께 승차한다. 경주 방면으로 향하는 주말 완행열차엔 빈자리가 없다. 기차 안은 등산객과 가을 구경 나온 사람들 울긋불긋한 차림으로 들썩인다. 여름을 견뎌낸 대가로 자신에게 하는 선물 같은 휴식이어서일까. 찰나처럼 스쳐 갈 가을을 붙들고 싶은 조급함 때문일까. 역 앞 광장도 알록달록 차려입은 여행객으로 술렁인다. 바람에도 가을이 묻어나고 경주역도 사람도 은근히 들떠 있다.

갈아탄 경주 11번 시내버스는 강을 낀 들녘을 달린다. 거대한 자연 수채화처럼 채색된 들판과 불긋불긋한 벚나무 단풍까지 곁들인 경주는 바야흐로 가을 중심부를 관통 중이다. 추수가 끝난 논에 가지런히 누운 볏짚이 평화로운 여백 같다. 볏짚 누운 들녘처럼 마음에도 고요한 평화가 드리운다.

통일전 앞 1km가량 이어진 은행나무 길. 이곳 가로수엔 연노란색과 담녹색이 섞여 익어가는 중이다. 은행나무는 아직 초록을 내려놓을 시기가 아닌가 보다. 11월 첫째 주는 단풍 절정의 시기가 아니라고 물든 정도로 알려 준다. 맘이 서둘러서 왔는데 샛노란 길이 열리자면 며칠은 더 걸리겠다. 하지만 지금도 충분히 가을이다. 노랑나비 떼가 펄펄 흩날리는 장관은 상상만 하기로 한다. 무엇이든 초절정의 시기를 맞추기란 남의 속내를 읽는

범종 소리 흐르는 저녁

것처럼 감잡기 어렵다. 그 미묘한 타이밍이 기다릴 줄 아는 느긋함과 여유를 가지라고 타이른다.

동행한 친구와 단풍이 새빨간 벚나무 아래 잔디밭에 앉았다. 은행나무 길을 눈앞에 두고 삶은 고구마를 먹는다. 이런 시선 끝으로 웨딩사진을 찍으려는 남녀가 들어서자 순식간에 그들이 주인공이 된다. 하필 낭만 없이 고구마를 먹는 순간에 들어오다니. 오래된 정원 같은 여인들과 파릇파릇 풋풋한 신부는 서로 다른 계절을 사는 듯하다. 극명하게 대비된다. 꾸역꾸역 고구마 먹는 모습을 들킬까 봐 부끄러운 가을 속이다.

집 나가면 고생이라지만 만산홍엽이 유혹하는데 어찌 현혹되지 않으랴. 산야가 붉어지면 가슴에도 덩달아 단풍 물이 스미고 바깥으로 나설 궁리로 분망해지는 것을.

휙 스쳐 갈 계절, 짧게 머문 가을이 어느새 지나고 나면 곧 겨울이 다가올 터. 산야를 누빌 여건이 안 되니 바닥에 뒹구는 낙엽이라도 밟으며 가을을 느끼고 싶다. 도심 거리는 단풍이 떨어지는 족족 빗자루로 쓸어 버리니 말끔하지만 삭막하다.

단풍에 갖는 기억은 저마다 품은 추억이 다르듯이 모두 다를 것이다. 최절정인 단풍을 어디에서 봤는가가 이를 가늠하는 키가 되리라. 내 기억 속 단풍은 단연 내원사 계곡에 머문다. 마흔 언저리를 보내던 시절, 작은 단체에서 점심거리를 챙겨서 가을 소풍을 갔다. 내원사 계곡엔 단풍이 불길처럼 타오르고 있었다.

산불 조심 경고도 없던 때라 그곳에서 압력솥에 밥을 해서 먹었다. 홍엽에 에워싸여 밥해 먹던 그때, 함께 밥 먹은 사람들도 단풍색이 바래듯 기억에서 희미해졌다. 그들도 나도 사진 속에서 새빨간 홍조 머금고 젊은 날에 머물러 있다.

가을 단풍으로 누구는 내장산이 최고라고 하고, 누군가는 월정사를 또는 송광사를 들먹인다. 누가 뭐라고 해도, 설령 더 붉은 단풍을 봤다고 하더라도 내겐 내원사 단풍이 최고의 단풍이다. 그 시절은 가마득히 흘러갔어도 짙붉은 추억의 한 단편으로 남아 있다. 내 곁에서 환하게 웃는 사진 속 친구는 먼 세상으로 떠나 그 웃음이 슬프다. 젊은 시절도 인연도 그때 단풍처럼 세월 속으로 흩어졌다.

절경이 아닌 데 없는 우리나라 산하, 그런 자연이 좋아 자연을 찾아 나서곤 한다. 특히, 한 해가 기울어 산야도 심기도 차분해지는 추색에 가고 싶은 곳이 줄 선다. 가을 절정을 찍은 풍경 사진이 이런 마음에 불을 지른다.

통일전 주차장을 채운 관광버스가 열몇 대쯤은 되겠다. 색색으로 타오르는 산자락과 붐비는 인파가 화려한 가을의 막을 올린 듯하다. 단풍 구경을 나온 저들 군중 속에 격의 없이 섞이고 싶다. 가을 하루쯤은 그들과 어울려 사는 얘기로 여유를 누려도 좋을 터. 이런 유혹을 누르고 경주역 앞 성동시장에서 총각무 두 다발을 사서 기차에 오른다.

가을이 나날이 깊어 간다. 들썩대는 마음을 달래려 참지 못하고 다시 주말 기차표를 예매한다. 기어코, 노랑나비 떼가 펼치는 군무 속에서 하염없다든가 하는 감상에 젖고야 말리라. 누군가는 대청봉 단풍을 보아야 한 해를 마무리한다든가. 나는 경주의 가을을 눈에 담아야 비로소 겨울을 들일 준비가 된다. 그것은 한 계절을, 아니 한 해를 보내는 작은 의식과도 같다.

들고 간 책은 몇 줄도 읽지 못했다. 온 산야가 불타는데 활자가 눈에 들어올 리 없다. 눈에 단풍물을 채우고서야 책상 앞에 앉는다.

육아 풍속도

'학조모'라는 말이 낯설고 씁쓰름하게 들린다. 이 신조어가 어색한 나도 학조모에 속한다. 요즘 육아 풍속을 보면 이 말이 딱 들어맞는다. 조모가 손주를 돌보는 세태를 그대로 반영한 용어다. 주변인 중에도 사회활동을 줄이고 아이를 돌보는 젊은 조모가 적지 않다.

이런 흐름은 현시대에 자녀 육아의 정석처럼 정착됐다. 아이 부모는 맞벌이에 지쳐 있고, 보육 현장은 한정적이고 한계가 있다. 하니, 결국 조부모가 손주 육아를 맡을 수밖에 없다. 늘그막에 다시 육아를 해야 하는 역할 분담은 뜬금없는 장애물이자 걸림돌이 아닐 수 없다. 체력도 내 아이를 키울 때 같지 않다. 육아 방식도 크게 달라졌다. 부담감과 책임감 속에서 조부모는 온전하게 누려야 할 자신의 삶을 희생당한다. 그 역할을 거부하면서도 결국 감당할 수밖에 없는 것이 오늘날 조부모들이 처한 현실이다. 물론, 손주를 향한 깊은 사랑에서 기꺼이 돌보는 이도 있을 것이다.

어린아이를 돌볼 때는 긴장을 풀 수 없다. 잠깐 한눈판 사이에 아이가 다치기도 하고, 찬 바람 쐬어 열이 난다든가 하는 일이 발생한다. 할머니와 손자 사이에는 부모라는 존재가 끼어있다. 육아 방식에서 오는 소소한 갈등으로 부닥치기도 한다.

자식 집에서 일거리를 두고 앉아 쉬기란 웬만한 강심장으로는 못 할 일이다. 내가 하지 않으면 내 딸이 퇴근하고 와서 해야 할 일인데 어찌 미뤄 두겠는가. 반찬 만들고, 빨래 널고 개고, 아이들 뒤치다꺼리로 소파에 앉을 새가 별로 없다.

이런 시대를 반영한 TV 드라마가 있었다. '세상에서 제일 예쁜 내 딸'은 각자의 자리에서 성실하게 살아가는 딸들과 그들과 엮여 살아가는 엄마들 이야기다. 그중 맏딸이 겪는 육아 문제는 요즘 젊은 부부 태반이 겪는 상황을 적나라하게 반영한다. 거기서 느껴지는 갈등은 시청자의 공감대를 형성한다. 높은 시청률은 시청자도 그들 이야기에 공감한다는 방증일 테다.

드라마 속 시어머니는 손녀를 봐준답시고 생색내고 며느리 출퇴근 시간까지 간섭한다. 며느리에게 아이를 친정에 맡기지 말라고 강요하며, 스스로 손녀 육아를 맡겠다고 하고서는 며느리에게 부담을 안긴다. 결국 며느리는 분가를 결심한다. 육아를 도우미에게 맡길 수밖에 없는 상황에 이르고, 삶의 방식과 가치관이 충돌하며 마음이 엇갈린다. 현대 사회 육아 세태와 그로 인한 세대 간의 갈등을 잘 그려낸 드라마다.

손녀 봐 준다고 생색내는 시어머니가 밉상이다. 이상한 건 얄미운 그 시어머니 심정에 공감하면서 그를 대변하려는 쪽으로 맘이 기운다는 점이다. 그가 성질부리는 이면에는 육아로 인한 운신 제약이란 스트레스가 작용했다고 이해되는 것이다.

요즘 환갑을 전후한 사람에게 '황혼'이라는 표현은 아직 이르다. 그 나이는 경로 대상에도 끼지 못한다. 자식 다 키우고 이제야 온전한 내 삶을 살아 볼까 할 때, 뜻밖에 손자 육아가 불청객처럼 찾아온다. 정착된 듯 보이는 이런 육아 풍속에 조부모 세대는 수순처럼 그 역할을 떠맡게 되고, 결국 자신 삶은 포기한 채 살아간다. 육아하는 보람도 크고 뿌듯하지만 부속된 삶을 사는 현실이 답답하다.

과거에는 딸을 낳으면 비행기 탄다고들 했다. 이 말도 바뀔 때가 됐다. 딸을 낳으면 기다리는 건 비행기가 아니라 손자 육아이기 때문이다. 며느리는 시어머니에게 아이 맡기기를 꺼린다. 불편하기 때문이다. 아들만 낳은 팔자가 좋다는 우스갯소리도 나온다. 손자를 돌보지 않아도 될 터이니 그렇다. 아들이 장가 가면 자기 아내 편이 되어버리지만, 그래도 시어머니들은 친정어머니보다 노후가 편안할 것 같다.

자유롭게 여행 다니고, 사회활동에 참여하며, 문학 활동을 하는 누구누구도 손자를 돌본다는 말이 들린다. 그 역시 인생의 저물녘에 자유를 누리려 했을 것이다. 내 처지를 그들도 겪고 있다 하니 혼자 가던 길에 동행인을 만난 기분이다.

육아가 단지 힘들기만 한 건 아니다. 꼬물거리던 아이가 점차 의식을 갖추어 가는 모습을 지켜보며 웃을 일도 많다. 언어나 행동에서 불쑥불쑥 성장하는 걸 실감할 때마다 놀라고 경이롭다. 요구르트나 물을 바닥에 쏟고는 나무라는 내게 다가와 고보드라운 입술을 내 볼에 비비지만, 육아하는 일은 날마다 체력이 소진되는 일이다. 체력 관리는 물론이고 취미생활마저 제약받는다. 일상에서 움직임의 자유가 줄어드는 데서 오는 답답함도 크다.

결혼하면 아이 낳는 걸 당연시하던 시대는 지났다. 아이를 맡아줄 사람이 없으면 어렵게 구한 직장을 내려놓아야 하는 세상이 되어버렸다. 출산율 하락 속도는 점점 가팔라진다. 양육에 대한 보장이 없다는 이유로 출산을 꺼리는 이들의 선택도 충분히 이해된다. 아이를 키우는 부담이 큰 요즘 세태로 보아 인구절벽은 가속화할 것이다. 그 결과 인구 분포는 피라미드형이 아니라 깎인 절벽처럼 역삼각형을 이루게 될지도 모른다.

어느 미용실에서 들은 말이 이런 실정을 읽게 한다.

"저도 봐 줄 사람이 있으면 아이 낳겠어요." 미용사 말에 담긴 절박함과 현실 사정에서 시대 사정이 고스란히 드러난다. 이러니 육아를 거부할 수 없는 조부모 세대는 우울하다. 자식들을 다 키우고 다시 이모작으로 키워야 하는 부담을 떠안아야 하니 그렇다. 봐 줄 사람이 없어서 애 낳기도 꺼리는 미래는 더 암울하다. 그래도 아이는 태어나야 하고, 조모는 손자 육아를 맡아야 한다. 아이가 나라의 미래이니 어쩌겠는가.

범종 소리 흐르는 저녁

세밑 소회

무언가에 깊이 집중할 때 깍지를 낀다. 간절함과 몰입이 무의식적으로 만드는 동작이며, 흐트러지는 마음을 다잡거나 긴장할 때 나오는 몸짓이기도 하다. 특히, 치과 치료대에 누웠을 때는 입안으로 쏠린 신체 감각이 자신도 모르는 새 두 손을 맞잡게 한다.

이곳처럼 긴장과 불안을 극도로 체험하는 곳이 또 있을까. 무지막지한 드릴 소리가 입속을 파고들 때, 마취 주사 바늘이 잇몸을 찌를 때, 온 신경이 날카롭게 곤두선다. 두 손이 절로 움켜쥐어진다. 세밑에 이렇게 깍지 끼고 긴장한 시간을 보냈다.

나와 같은 간절함을 다른 이에게서 보면 묘하게 위안이 된다. 나만 힘든 줄 알았는데 누군가도 같은 고통을 견디고 있다는 걸 아는 순간 동질감이 마음에 위안을 준다. 치과 치료가 잠시 멈춘 사이, 옆쪽 치료대를 슬쩍 엿보았다. 피식 웃음이 새어 나왔다. 치료대에 누운 사람들 손이 하나같이 깍지를 낀 게 아닌가. 그들 몸에서 읽히는 긴장을 읽으며 모르는 사람에게서 연대감으로 위로받은 느낌이었다. 그런 긴장 속에서 치료를 마치며 당면한 묵직한 과제를 해결한 듯 후련했다.

지난날에 미련을 갖기보다는 다가올 새날에 기대를 걸고 싶다. 이맘때면 흩어져 사는 가족들이 떠오르고, 격절한 이의 안부가 궁금해진다. 한 해가 막바지인 이즈음에 보니 달력 속 남은 날짜가 마치 마지막 징검다리 같다. 남은 돌다리도 살피고 두드리며 무사히 건너리라. 그 징검다리 끝에서 백지처럼 펼쳐질 새해의 시간을 두 손 모으고 맞이하리라.

세밑이면 마음을 따스하게 하는 한 신부님 일화가 되살아난다. 신부님은 탁자 위에 차곡차곡 쌓아놓은 하얀 봉투를 신자들에게 하나씩 가져가라고 했다. 사람들은 머뭇거리며 봉투를 들고 자리로 돌아왔다. 봉투를 열어본 순간, 다들 눈이 의아해졌다. 봉투에는 오천 원짜리 지폐 한 장과 짤막한 메모가 들어 있다. '이 돈으로 힘든 사람들에게 조그마한 도움을 줍시다.' 단출한 글귀였지만 내용은 지폐보다 묵직하게 읽혔다.

신자들 웅성거림을 잠시 지켜보던 신부님이 입을 열었다. 그 돈을 가지고 세상에 나가서 정말 불쌍한 이웃에게 주라고. 눈에 띄는 대로 금방 내어주지 말고 어느 정도 고민한 후에 꼭 필요

범종 소리 흐르는 저녁

한 사람에게 주라고 당부했다. 그 당부는 진정한 도움의 가치를 실천하라는 뜻이 담긴 메시지였다.

그렇게 오천 원이 든 봉투는 나와 동행하게 됐다. 그러자 놀라운 변화가 생겼다. 오천 원을 줄 대상을 찾느라 세상을 보는 눈이 달라지더라는 거다. 세상을 보는 눈이 나로부터 바깥으로 이동하게 되고, 내가 지니고 있을 때만큼은 도움 줄 대상을 찾는 눈길을 보냈다는 것이다. 대상을 찾아 고민하던 돈은 성탄 카드를 가두 판매하는 시각장애인에게 건너갔다. 그제야 숙제를 끝낸 듯 홀가분해졌다. 이런 훈훈한 기억이 되새김 되는, 오천 원을 건넬 대상을 찾을 마음조차 없던 나를 돌아보는 시기다.

해가 저물면 다른 무엇에 앞서 무탈함이 감사하다. 사건 사고를 전하는 뉴스는 살얼음 위를 걷는 듯 위태로운 세상을 비춘다. 두루 무사하기를 기원하며 올해 마지막 날도 조용히 보내고 싶다. 각자 지나온 날과 하루를 정리하는 때다. 영수증을 정리하거나, 수첩에 적을 내용을 이월하고, 혹 신세 지고 갚지 못한 일은 없는지, 챙기지 못한 일은 없는지를 살필 것이다. 가까운 몇 사람에게 안부도 물으며 연결고리도 이월할 테다.

이런 의식들은 세밑에 하는 마무리 작업이다. 고요하고 충만한 시간 속에서 지나온 날들과 다가올 날들 사이에 징검다리를 놓으며 감사하는 마음이다.

가을 해처럼 짧은 순간에 스러져 버린 365일. 한 치 앞을 모르고 살아가는 일에 과연 무엇을 장담할 수 있을까. 내일이 어떻게 펼쳐질지 알 수 없는 삶이지만, 그 불확실성 속에서 더 강하게 더 진실하게 살겠다는 마음을 품는다. 세밑에서 그런 다짐을 새긴다.

넉넉히 펼쳐진 열두 화폭을 어떤 그림으로 채울까. 결심할 때만큼은 무엇이든 가능할 것처럼 기운차다. 차츰 그 결심이 흐릿해지다가 어영부영 시간을 흘려보내고서야 되돌릴 수 없는 시간을 되짚는 자신을 발견한다. 이는 비단 시간에만 국한된 이야기가 아닐 것이다. 사람과 물질, 관계라는 복잡다단한 그물 속에서도 우리는 비슷한 아쉬움을 반복한다. 붙잡아야 할 것을 놓치고, 소중한 걸 간과한 뒤에야 그 빈자리를 실감한다. 늘 다짐하면서도 그 끝을 확신하지 못하는 양태야말로 우리의 모습이 아닌가도 싶다.

시간은 마치 절벽 아래로 쏟아지는 폭포수처럼 속도가 무제한이다. 새해에는 무언가를 크게 기대하기보다 다만 무사하고 평온했으면 한다. 거역할 수 없는 절벽으로 향하는 달. 저마다의 회한으로 하루하루를 내딛는 달. 기어이 찾아올 올해 끝 날에 나는 노천명의 글 한 구절을 뇌고 있을지도 모르겠다. '늙은 시계 소리를 들으며 이 밤이 한없이 아깝다.' 결국, 갈 건 가고 올 건 올 것이다.

'N차 신상'과 중고마켓

주문한 상품이 품절이란다. 다른 제품으로 주문했다. 이번에도 품절이다. 연속으로 퇴짜를 맞으니 묘하게 기운이 빠진다. 이때 반짝 생각난 곳이 '당근마켓'이다. 중고 물품뿐 아니라 운좋으면 포장을 뜯지 않은 새 상품도 득템할 수 있는 시장이다. 내 물건을 팔기도 하고, 남이 내놓은 물건을 사기도 한다. 이곳에서 산 핸디 스팀다리미나 시계, 조립식 책상은 유용하게 쓰고 있다.

원하는 물건을 검색하니 '사은품도 챙겨드립니다'라는 후한 조건을 내건 판매자가 눈에 들어온다. 채팅창을 연다. 몇 마디 주고받은 끝에 인근 대로변에서 만나기로 한다. 약속 시간에 맞춰 나가며 주변 눈도 의식되고 쭈뼛하긴 했으나 거래는 일사천리로 끝난다. 물건과 현금을 맞교환하는 데 1분도 걸리지 않았다. 놀라운 건 그다음이다. 시중가 3분의 1 가격으로 산 마스크 팩은 상태가 꽤 괜찮다. 사은품까지 받았으니 이득 본 셈이다. 품절 사태가 아니었다면 이런 거래는 생각지 못했을 것이다. 그러나 중고 물품이 다 만족스러운 것도 아니다.

당근마켓은 중고거래의 새로운 바람을 몰고 온 플랫폼이다. 이름부터 친근한 이곳은 '당신 근처의 마켓'이라는 뜻을 담고 있다. 이용자들은 자신이 사는 지역을 중심으로 반경 6km 이내에서 거래할 수 있다. 지역 기반의 신뢰 덕분일까. 월간 이용자가 수천만 명을 넘어서며 일상에 스며들고 자리 잡았다.

이곳의 독특한 매력은 매너 온도라는 신뢰 지표다. 물건을 사거나 판 후, 서로의 태도와 성실함을 평가해 온도로 나타낸다. 35도 안팎이 평균이지만 어느 사용자는 무려 99도까지 오른 사례도 있다. 태양처럼 뜨겁게 신뢰를 쌓아온 이 온도는 단순한 숫자가 아니다. 사람과 사람 사이에 만들어진 신뢰이며 믿음의 결실이다. 당근마켓은 단순히 거래하는 공간을 넘어, 이웃과 연결되고 마음이 오가는 새로운 형태의 시장이 되고 있다.

서울대 소비트렌드분석센터는 매년 '트렌드 코리아'를 통해 시대를 꿰뚫는 키워드를 선보인다. 워라밸, 업글인간, 세포 마켓, 나나랜드, 뉴트로, 카멜레존 같은, 이 낯설면서도 매혹적인 신조어들은 우리 일상의 흐름을 예리하게 포착한 이름이다. 그중 하나인 'N차 신상'이라는 단어도 이곳에서 탄생했다. 언뜻

보면 새로 나온 신상품을 떠올리기 쉽지만, 그 속엔 좀 더 흥미로운 이야기가 담겨 있다. 이 N은 새로움을 뜻하는 'NEW'가 아니다. '여러 번 N차'이라는 의미다. 여러 주인을 거치며 손을 타더라도, 그 가치와 매력이 마치 처음처럼 빛난다는 뜻이다.

이 개념은 물건을 대하는 시선의 변화를 보여준다. 사용감과 오래된 흔적 속에서 가치를 읽어내는 태도로 해석되는 'N차 신상'은 그런 세상의 흐름을 대변한다. 손때 묻은 물건에도 누군가의 스토리텔링이 깃들어 있음을 알려주는 듯하다.

중고시장에 내놓을 물건을 찾기 시작하자 뜻밖의 일이 벌어진다. 신발장과 옷장이 정리되고, 주방이 의도치 않게 말끔해졌다. 누군가에게는 요긴할지 몰라도 내 관심 밖으로 밀려난 물건들이 사연에 실려 매대에 오른다.

이용자들이 올린 매물엔 사연도 다채롭다. 직장을 잃거나 아르바이트를 그만두며 아쉬운 마음으로 내놓은 물건들, 이사를 준비하며 불필요한 짐을 줄이려는 시도로, 또는 필요한 이에게 그냥 주겠다는 무료 나눔도 있다. 나도 몇 번의 무료 나눔을 해봤다. 놀라운 건 무료 나눔으로 올린 매물은 순식간에 새 주인으로부터 선택된다는 거다. 쓰지 않아 짐이던 물건이 누군가에게는 당장 필요했더라는 걸 알게 된다. 나눔 물건은 쓰임을 찾아가며 모르는 사람 사이를 잇는 온정의 다리가 되어준다.

MZ세대와 기성세대를 나누는 경계선은 여러 가지가 있다.

그중 소비와 관련한 가장 두드러지는 차이는 중고거래에 대한 태도일 것이다. MZ세대는 중고시장을 절약의 수단만이 아닌, 새로운 기회의 공간으로 여긴다. 긴축재정이 요구되는 순간에도, 그들에게 중고거래는 생활의 한 방편이자 스마트한 선택이 된다. 반면, 기성세대는 여전히 남이 쓰던 물건에 대한 막연한 거부감을 품고 있는 듯하다.

요즘 중고시장은 낡고 헤진 이미지만을 연상하면 안 된다. 못 쓰게 되어 내놓는 물건은 드물다. 그런 물건은 사지도 않는다. 내게 더 이상 필요하지 않거나 단순히 취향이 바뀌어 나온 물건들이 주를 이룬다. 때론 포장만 뜯은 채 새것인 물건들이 매물로 나온다.

이곳에서 물건을 고르는 일은 마치 보물찾기와도 같다. 필요한 물건을 찾는 과정에서 예상치 못한 가치를 발견할 때, 정가보다 훨씬 저렴한 가격에 '득템'이라는 단어를 실감할 때 소비는 작은 환희를 안긴다. 중고거래는 더 이상 '남이 쓰던 것'이 아닌, 필요와 취향이 교차하는 새로운 만남의 장이 되고 있다.

중고거래의 세계는 단순히 쓰임을 다한 물건의 이동을 넘어선다. 새로운 가치의 흐름도 있다. 프리미엄이 붙는 리셀 resale 개념의 중고거래가 그 대표적인 예다. 투자와 소비의 경계를 허무는 이 시장은, 가치를 읽어내는 안목이 새로운 형태의 자산이 되기도 하는 공간이다.

예컨대, 한 지인은 유명 피아니스트의 연주 음반을 중고로 샀다. 소장 욕구를 넘어 그 음반이 가진 투자가치를 간파했던 것이다. 포장조차 뜯지 않은 음반은 시간이 흐르며 그가 지불한 가격의 열 배에 달하는 가치를 인정받고 있었다. 또 다른 이야기로, 중고로 4만 원에 사들인 그릇이 알고 보니 5억 원 가치의 골동품이었다는 놀라운 기사도 있었다.

이제 한정판이나 고가 제품을 사는 행위는 사치나 과소비로만 치부하지 않는다. 또한 중고시장은 단순히 헌 물건이 오가는 장소만이 아니다. 그곳은 취향을 잇고 사람과 사람을 잇는 공간으로, 또 지역 안에서 소통하는 공간으로 진화하고 있다.

몇 번 쓰고는 자리만 차지하는 주방 기기나 가전제품을 찾아내고, 묵혀둔 고가의 등산화는 무료로 나눈다. 값을 매기지 않았더니 금세 연락이 온다. 잘 쓰겠다며 받아 간다. 중고마켓은 N 번째 가치를 찾아가는 새로운 공간으로 자리 잡았다. 심심할 때 슬렁슬렁 둘러본다. 다른 이가 내놓은 매물을 보며 그들 취향과 생활상을 엿보는 것도 흥미롭다. 온라인 중고마켓이라는 작은 사회가 탄탄하게 형성되어 있음도 놀랍다.

내 손에 들어온 새것 같은 중고 가방도 있다. 그 가방을 메고 중고 서점을 찾는다. 삶까지 낡은 것으로 여길 필요는 없다. 중고란 단지 시간의 흔적일 뿐, 가치를 깎아내리는 꼬리표가 아니기 때문이다. 그렇다고 해서 헌 물건만 고집하는 것도 아니다.

누구에게나 새 물건을 갖고 싶은 욕구가 있을 것이며, 나 역시 쇼핑하는 즐거움도 누린다.

오늘은 벼르던 그릇장을 정리한다. 쓰지 않아 자리만 차지하던 새 접시들을 중고 거래에 내놓기로 한다.

지방도 1022번 길

　도로 표지판 번호를 기록해 두기는 처음이다. 낙동강을 끼고 강과 가까워졌다 멀어졌다 하며 달리는 지방도 1022번 길. 이 길은 강의 흐름을 따라 굽이굽이 돌아간다. 창녕군 칠현리에서 시작해 양산 교동까지 이어지는 오랜 길. 이 길은 남지읍을 벗어나 북쪽을 따라 강을 옆구리에 두고 달린다. 강이 자취를 감추기도 하고 다시 강과 만나며 둘은 오래된 벗처럼 길을 따라 흘러간다.

　이 길에 매료되어 국도와 지방도의 차이도 알게 됐다. 국도는 국가가 관리하는 길이라면, 지방도는 각 도와 특별자치도가 관리하고 운영하는 도로다. 이름만큼이나 길이 품은 풍경도 역할도 다를 터. 그 모두가 소통의 역할을 한다는 점은 확실하다. 그리 여기며 길을 달리면 도로를 대하는 마음이 각별해진다.

마흔 중반에 방송대에서 국문학을 공부했다. 학기별 출석 수업은 저녁 일곱 시에 시작했다. 직장 일을 마치고 저녁도 거른 채 달려와 강의를 듣자니 얼굴이 까칠했다. 강의실 창밖으로 멀리 낙동강이 뿌옇게 흐르고, 노을은 마치 붉은 물감을 쏟아부은 듯 하늘과 강을 물들이며 심신을 감싸주었다.

쉬는 시간에는 커피믹스 한 잔씩을 들고 일몰을 보며 피로를 달랬다. 낙동강과 학교 사이 철길로 쌩하니 고속열차가 지나고, 나도 저 열차에 앉아 강변을 달려보리라고 갈망했다. 강의가 끝난 열 시엔 일몰도 어느새 땅으로 스미어 사위가 깜깜했던, 힘들어도 충만한 시간이었다. 그때 기차 꽁무니 쫓던 그 기찻길을 따라가면 어느 지점에선가 이 지방도가 불쑥 나타난다는 걸 알게 됐다.

물금역을 지나 원동에 들어서면 대한민국 지도를 닮은 굽은 낙동강을 만난다. 임경대 전망대에 서면 넘실대는 강이 가슴으로 흘러드는 광활한 풍경에 머릿속까지 씻기는 기분이다. 그 옆 나무 계단을 따라가면 아늑한 산자락에 폭 안긴 용화사 지붕이 보인다. 세상 소음이 닿지 않고 세파마저 비껴갔을 법한 절이 그곳에 있음에 놀랄 것이다.

바다와 가장 가까운 절이 기장 해동용궁사라면, 물금읍 용화사는 강과 가장 가까운 절이라 할 만하다. 강과 절 사이로 뻗은 경부선 철길 위를 기차가 쌩 지나칠 때면, 고요하던 절 공기가 잠시 소스라친다. 품 안에 든 아이처럼 포근한 자리, 마당 깊은 집처럼 옴폭한 곳에 앉은 용화사는 자연과 하나 되어 묵묵히 강물을 바라본다. 그곳에 모신 석조여래좌상은 김정한의 소설 『수라도』에서 미륵당의 모티브로 등장한다. 과거도 현재도 다 지켜보고 있다는 듯이 눈빛이 깊다.

종무소 뒤쪽 철길 아래로 난 좁은 통로를 지나자 강이 발아래서 넘실댄다. 순간 놀라 멈춰 선다. 강을 따라 이어진 자전거 길을 달리는 라이더들이 세상 자유로워 보인다. 그들의 바람 같은 자유가 부럽다. 나도 달려보리라. 그렇게 작정하고 어느 날은 황산공원에서 페달을 밟았다. 바람에 맞선 쾌감으로 웃음이 실실 새어 나왔다. 새하얀 꽃구름 핀 순매원과 낙동강 사이로 기차가 이따금 지나고. 순매원 전망대에서 찰나에 스쳐 지나는 기차를 향해 재빨리 셔터를 누르지만, 기차는 그보다 빨리 지나가 버린다.

그 길에서 계획 없이도 좋겠다는 생각에 발길을 튼다. 배내골쪽으로 방향을 돌린다. 새로운 풍경이 기다리는 길은 가는 내내 흥미롭다. 강물이 유유히 흘러가듯 마음도 느긋하다.

경부선 KTX를 타면 정신 바짝 차려야 한다. 깜짝할 새 삼랑진역에서 물금역에 이르는 낙동강이 흐르는 풍광을 놓치기 때문이다. 자연 풍경화 화폭이 멋들어진 이 경치를 보려고 상행 때는 왼쪽 좌석을, 하행 때는 오른쪽 좌석을 예매한다. 바로 그

구간을 1022번 길이 나란히 달린다. 아쉽게도 이 구간을 지나는 낭만은 오래 누리진 못할 것 같다. 꾸불꾸불 휘어 돌아가던 2차선 도로를 4차선으로 확장한다는 소식이다.

속도를 좇는 이들은 고속도로를 선호하지만, 산천을 감상하며 달리는 지방도의 정취를 외면할 사람은 없으리라. 천태산에 접어들면 안태호가 길손을 부른다. 잠깐 차에서 내려 심호흡하고 다시 천태호를 향해 구불구불한 산허리를 따라 오른다. 이 길은 녹음이 짙어질 때도, 단풍이 곱게 물들 때도, 비가 내려 촉촉한 운치가 드리울 때도 한결 짙고 깊은 숲 냄새로 발길을 붙든다. 산허리마다 펼쳐지는 절경은 이 길을 지났던 시간을 잔잔히 회억하게 한다.

보드랍고 여렸던 연둣빛 잎사귀가 짙은 초록으로 성장해 가는 시기다. 주택 담장마다 노랗고 붉은 덩굴장미가 탐스럽게 자태를 뽐낸다. 한 해 동안 남긴 사진 파일이 서른 개쯤이다. 청도 경주 안동 영주 밀양 순천 전주 부안…. 운문사 석굴암 봉정사 부석사 월연정 선암사 내소사…. 어지간히도 길을 들락거렸다. 한 장소마다 그립지 않은 데가 없다.

그런 먼 곳은 잠시 접어두기로 한다. 당장 마음을 이끄는 건 지방도 1022번 길이다. 어느 날엔가는 낙동강 물빛을 따라 그 시작점부터 끝 지점까지 달려보리라. 불쑥 나선 그런 날은 강물처럼 유유히 어디론가 가닿을 테다.

젊은이 복 받으시게

지니던 물건을 잃으면 상심한다. 잃은 만큼의 빈자리가 마음에 생긴다. 그것이 날마다 손에 닿던 물건이라면 그 상실감은 크다. 가방에 넣어두지 않고 무심코 흘리고 다니는 소지품들, 양산 안경 손수건 휴대폰 같은 것들. 이 모든 걸 담은 가방을 어디엔가 두고 왔다면, 머릿속은 하얘지고 생각은 흐름마저 멈춰버릴 일이다.

그날, 고향에 다녀온 저녁이다. 설거지를 끝내고 나서야 가방이 보이지 않는다는 사실을 인지했다. 기억을 더듬어 보니 시외버스터미널 주차장이 자꾸 아른거린다. 마중 나온 자동차 트렁크에 시골에서 들고 온 묵직한 김장 김치통을 실을 때, 잠깐 화단 위에 내려놓았던 가방의 존재는 가마득히 잊었던가 보다. 트렁크 문을 닫고서 몸만 달랑 차에 올랐던 게 희미하게 재생되었다. 주인은 떠나고 가방만 그 자리에 남겨졌을 것이다. 가방 주인은 그런 눈치조차 채지 못한 것도 모르고서.

머릿속이 멍해졌다. 급히 블랙박스를 돌려보고, 파출소에 분실 신고했다. 저녁 아홉 시가 넘어서야 터미널로 달려갔다. 신분증과 현금, 각종 카드가 든 지갑, 중요한 글 자료가 담긴 메모리 카드, 보온병, 화장품 파우치, 교통카드, 안경, 모자, 충전기, 그리고 백팩. 하나라도 없으면 일상이 불편해질 것들이다. 내 일상과 밀접하게 관련된 물건들이 죄 사라졌다는 사실에 정신이 아뜩해졌다.

자책감에 잠겼을 때 떠오른 글 하나가 있다. 박완서 작가가 쓴 기행 산문『잃어버린 여행 가방』이다. 작가는 어떤 심정으로 그 글을 썼을까. 가방을 잃어버린 허탈감이 지금 내 마음과 얼마나 닮았을까. 책을 꺼내서 읽기 시작했다. 유명 작가나 다른 사람도 별별 사연으로 뭘 잃어버리는가 보다 하는 동질감이 드는 정도일뿐, 당혹감이 들어찬 머릿속을 달래진 못한다.

작가는 여행지 공항에서 다른 문인들 짐과 함께 짐가방을 부쳤다. 김포공항에 내려서 보니 황망하게도 자신 가방만 빠졌더라는 거다. 그는 이 일로 오랫동안 가슴앓이했다고 말한다. 2주간 여행하며 한 번도 씻지 않은 겉옷이며 속옷과 양말이 꾸역꾸역 냄새를 풍기며 누군가에게 적나라한 속을 보일 수치감이 괴로웠다고. 물론, 상세히 말하지 않은 그 행간에는 잃어버린 속상함이 기본으로 깔려있을 것이다. 작가의 베이지색 여행 가방은 영영 돌아오지 않았다. 그 글에서 여행한 흔적을 통째 날린 작가의 허탈감을 헤아렸다.

물건을 잃어버리면 그냥 그 물건만을 잃는 게 아니다. 잃은 물건에 얽힌 시간과 감정이 함께 사라지는 아쉬움이 더 괴롭다. 터미널에 두고 온 가방 속 물건도 어느 것 하나 손길이 닿지 않은 게 없다. 주인의 온기가 고스란히 스며 있기에, 그것을 잃으면 마음에 깊은 상처로 남을 게 뻔했다.

물건을 잃은 사람은 자신도 모르는 사이에 죄를 짓는다. 사라진 물건의 행방을 추적하며 진실을 알지 못하면서도 그것이 확실한 진실인 양, 주변 사람들을 의심하게 된다는 점이다. 마음이 초조하고 불안해진 나 역시 다르지 않았다. 의심의 눈초리를 따라 어느새 많은 가상의 인물을 떠올렸다. 주차장을 청소하던 사람이 가방을 발견했을까. 그 옆 흡연 구역에서 담배를 피우던 누군가가 그것을 가져갔을까. 아니면 그곳을 들고나던 운전자는 아니었는지.

가방을 잃어버린 그 밤, 잠을 이루지 못했다. 가방을 찾지 못하면 오래도록 가슴앓이할 거란 생각으로 뒤척였다. 구멍 난 가슴은 쉬 아물 성질이 아니다. 숨이 답답해 자꾸 한숨을 쉬는 걸 봐도 그렇다. 동이 트기 무섭게 터미널 근처 파출소로 달려갔다. 시시티브이를 돌려보고 어떤 사람이 가방을 들고 갔다는 증거라도 확인하고 싶었다. 경찰관은 성급하게 말하는 자초지종을 듣더니 순찰차를 앞세우고는 따라오라고 한다. 한산한 휴일

아침부터 경찰차가 출동하고, 웬 여자가 허둥대는 모습에 직원이 의아한 표정으로 다가온다. 무슨 일이냐는 눈빛이다.

"가방을 잃어버려서요." 맘이 급해 묻지도 않은 답을 먼저 했다. "연락처도 엄꼬…", 혼잣말한 직원이 어디론가 걸음을 옮긴다. 한 가닥 희망이 뇌리에서 꿈틀댄다. 따라오라고도 안 했는데 쪼르르 따라붙었다. 그가 간 곳은 터미널 귀퉁이 한 칸짜리 허름한 간이 사무실이다. 그가, 채워둔 자물쇠를 열고 눈에 익은 자주색 백팩을 꺼내는 순간 그만 꺽꺽 울음이 터진다. 하룻밤 지옥이 단박에 광명의 세상으로 바뀌는 순간이다.

누군가를 오해했던 마음이 초라해졌다. 내가 흘려놓은 가방이 주인에게 돌아오는 세상이라니. 밤새 괴롭힌 불안과 걱정이 아침 햇살에 안개가 증발하듯 말끔하게 사라졌다. 감격으로 부끄러움도 잊고 눈가를 닦았다. 직원이 자주 있는 일인 듯이 예사로이 말한다. "와 우요?"라고. 그의 등에 대고 말했다. "너무 고마워서요."

담배를 피우던 한 젊은이가 주차장 화단에 덜렁 놓인 가방을 발견했고, 직원에게 전달했더란다. 요즘, 가방을 두고 가는 이런 일이 종종 생긴다고 위로처럼 덧붙인다. 상황을 지켜보던 경찰관도 돌아갔다.

이런 청년과 함께 살아가는 사회가 꽃밭인 듯 아름답다. 정의롭게 살아야겠다는 다짐 같은 게 불끈 샘솟는다. 이름도 성도 모르는 그 청년, 부디 대대손손 복 받으며 살기를.

　　　　　　　　　범종 소리 흐르는 저녁

'동백꽃 문구점'에 가듯이

　그 앞을 지날 때는 걸음이 절로 느려진다. 살던 옛집 앞을 지나칠 때처럼 고개가 거기로 향한다. 진열대에 놓인 색색의 연필, 장난감 같은 지우개, 반짝이는 스티커들을 보며 미소 짓는다. 가게 안은 보통 좁은 공간에 색색의 문구들로 빼곡하다. 문구가 사방 벽을 채운 아기자기한 공간을 지키는 주인은 대개 나이 지긋하다. 오래된 골목 이발소처럼, 문방구도 동네의 이정표 역할을 톡톡히 해낸다.

　가끔, 대학교 앞 문구 플라자에 간다. 문구 화방 전산 공예 가전 뷰티 층으로 구분되어 있지만, 발길 이끄는 곳은 문구류 층이다. 글 쓰는 사람에게 필기구는 필수품이다. 볼펜심 굵기별, 색깔별, 용도별로 진열된 볼펜에 맘이 홀린다. 메모지류며 필기구도 용도별로 색색이다. 이곳에서 몇만 원쯤 지출하면 쾌청한

가을 하늘처럼 기분이 달뜨고 가성비 좋은 쇼핑을 할 수 있다.

쇼핑이라고 해봐야 똥이 나오지 않는 글 교정용 빨간 젤리펜이나 플러스펜 정도. 가끔은 앙증맞은 카드나 그림이 예쁜 봉투, 견출지가 선택되기도 한다. 이런 소박한 소비물을 들고 그곳을 나설 때면 실실 웃음이 새어 나온다. 마음을 충족시키는데 이만큼 만족스러운 소비가 또 있겠나 싶다.

어른이 된 지금도 문구는 애착 물건이다. 어릴 적엔 종이옷 입히는 인형놀이가 좋았고, 언니 오빠가 쓰고 남은 크레용 조각으로 그림을 그려도 만족했다. 빈곤하던 시절, 못 가진 것에 대한 갈증이 영향을 미친 건가. 내 것을 갖지 못했던 욕구가 남긴 후유증인가. 언니나 오빠 형에게서 크레용 같은 학용품과 입던 옷과 책상까지도 물려받지 않은 사람이 있었을까. 나만의 것이라곤 없던 때, 중학교에 들어가서 성적 우수상으로 받은 스프링 노트가 온전한 내 첫 학용품이었으니.

오빠만 쓴 나무 책상이 가보처럼 가난한 방을 빛냈다. 오빠 물건에 손대는 행위는 암묵적 금기였다. 겁 없이 이 금기를 깼다. 비밀공간인 책상 서랍을 열고 말았다. 각 맞춰 정돈한 볼펜과 연필, 자 같은 학용품 몇 개를 만지작거리곤 제자리에 넣어뒀다. 까칠한 주인이 서랍 속 미세한 변화를 감지했던 게다. 왜 만졌느냐며 쪼그만 아이 엉덩이를 발로 찼다. 그다음 날도 판도라의 상자를 열고 말았다. 혼날까 봐 신경 썼지만 놓인 각도가

범종 소리 흐르는 저녁

달랐나 보다. 귀신같이 알아차린 오빠로부터 또 걷어차이는 재앙을 겪었다. 차인 기억은 불쑥불쑥 기억의 수면 위로 튀어나왔다. 누구에게도 맞은 적 없이 자랐기에 오빠에게 서운함을 품었다. 당사자는 다 잊었을 일을 마음 깊이 감춰두었다.

내가 중학생이던 때 아버지 생신날이었다. 이웃해 사는 큰집 작은집 가족이 우리 집에 모였다. 일손을 덜겠다며 미역국을 나르다가 하필 오빠 다리에 쏟고 말았다. 오빠는 발을 씻을 때마다 화상 흉터를 보며 데던 순간을 떠올렸을 테다. 그에 비하면 학용품 만진 대가는 아무것도 아니었다. 그날 들었던 오빠의 비명이 왜 기십 년이 지난 즈음에야 머릿속을 친단 말인가. 지금에라도 떠오르지 않았다면 여전히 서운함을 품고 있었을 것이다.

오가와 이토의 소설 『츠바키 문구점』일명 '동백꽃 문구점'은 대필해주는 문구점이다. 공책 지우개 컴퍼스 자 매직펜 풀 연필 가위 압핀 등, 전형적인 문구만 있는 작은 가게다. 이곳 주인 20대 후반의 아가씨인 소설 속 나는 가나가와현 가무쿠라시에 산다. 선대 할머니가 세상을 떠나고 오래된 일본 가옥에서 혼자 살며 간간이 찾아오는 이들이 부탁하는 편지를 대필한다. 바다와는 꽤 떨어진 산 쪽이지만 주위엔 사람 기운이 느껴져서 그리 외롭진 않은 고장이다. 이런 지역에, 없으면 아쉬울 법한 츠바키 문구점엔 다양한 사연을 대필하려는 사람들이 찾아온다.

이 소설과 함께 한 장소가 연상된다. 특별히 바쁜 일이 없을 때면 간혹 찾는 그곳에서는 대필은 해주지 않는다. 그러나 동백꽃 문구점처럼 행복해지는 공간이다. 종류별 문구를 하나씩 살펴보는 일은 호젓한 산책길을 거닐듯 잔잔한 충족감을 선사한다. 어느 날, 펜꽂이에 빼곡히 꽂힌 많은 볼펜 중 딱히 손에 잡히는 게 없으면 그곳에 갈 때가 되었다는 뜻이다.

색색의 플러스펜과 붓펜을 살 때가 된 것 같다. 아니, 사고 싶다고 생각한다. 밑줄을 그을 때나 메모를 남길 때, 꼭 검은색만 고집하란 법이 있는가. 다채로운 색으로 밑줄 그으며 내 마음의 결을 따라가는 재미도 있어야 하지 않겠는가. 알록달록한 볼펜도 골라 보련다. 그 볼펜으로 글을 쓰며 흐뭇해할 상상으로 즐겁다.

문구를 사는 행위는 동심을 회복하는 일이다. 문구점에 들어서는 순간, 진열된 필기구와 수십 종 문구들이 유혹하는 눈길을 보낸다. 선반을 채운 연필과 수첩, 작은 메모지 한 장에도 설레는 눈빛이 닿는다.

백화점이나 대형 쇼핑몰에서는 결코 누릴 수 없는 아늑한 쉼터. 이곳에서의 소비는 나만의 사색에 잠길 수 있는 귀한 시간을 선물한다. 문구를 고르며 느끼는 작은 설렘과 행복은 결코 과장된 감정이 아니다. 이런 데서는 사치 좀 부려도 좋다. 내게 온 문구들이 나를 다독이는 순간을 선물할 것이기에.

범종 소리 흐르는 저녁

허물어지는 집을 향한 묵념

또 한 채의 집이 운명을 다하고 있다. 아담한 주택들이 모여 따뜻한 동네를 이룬 이곳에서 열몇 해를 살아온 나는, 최근 들어 더욱 빈번한 허물어뜨림을 본다. 누군가의 일상이 깃들었던 집 한 채가 스러질 때마다 그 집에 조용히 작별한다. 그렇게 집이 사라진 자리에는 어김없이 빌라나 원룸 같은 차가운 건물이 올라선다. 이 흐름은 빗나간 적이 없다.

정원을 감상하며 골목을 걷는 즐거움은 일상에서 누린 소소한 기쁨이었다. 계절을 알리고 자연의 변화를 실시간으로 보여준 정원들은 거센 세태의 물결에 휩쓸려 자취를 감춘다. 사라지는 게 단지 주택과 정원뿐만이 아니다. 한갓진 골목과 그 골목이 품었던 온기마저도 이런 흐름 속에 시나브로 잃어간다. 씁쓸함은 결국, 이웃 사람들이 함께 짊어질 몫이 된다.

옆 골목에선 빌라 신축공사로 분망하다. 올해만 해도 이 작은 골목에서 주택 네 채가 흔적도 없이 뜯겨나갔다. 한때 그 길을 걷다 보면 갖은 정원수에 새가 조잘대고, 번잡했던 마음이 안락해지고는 했다. 빨갛고 노란 덩굴장미가 돌담을 타고 흐드러지게 피던 집, 유백색 목련꽃이 봄을 화사하게 알리던 나무 대문 집, 초록 잔디밭에 강아지가 뛰어놀던 마당 넓은 집…. 그들 집은 기억 속에서 아련하다. 외지 사람이 들어와 새집 짓고 사는 서먹한 고향처럼, 꼭 그런 기분이다.

웅덩이 팬 집터를 보며 흔적 지운 집을 떠올린다. 살던 이도 다시 볼 수 없을, 그들 가족의 온기가 스민 땅. 건축업자 눈에는 황금알을 낳는 거위로 보였을 땅. 집이 모든 흔적을 지운 자리에는 집터가 한숨 돌릴 짬조차 주지 않고 철근이 심긴다. 넓은 마당이 탐나던 집도, 목련꽃이 골목을 밝히던 집도 사라지고, 이방인 같은 낯선 빌라들이 새집 냄새를 풍긴다. 고향 이웃 같던 집이 있던 자리마다 쌀쌀맞아 보이는 사각 건물이 일상을 비집고 들어왔다.

사라지는 건 정다운 단독주택뿐만이 아니다. 아끼던 뒷동산마저 거대한 포클레인에 파헤쳐져 속절없이 무너져 내렸다. 집으로 돌아오는 길 저 멀리서 한결같이 반기던 산이었다. 그 푸른 동산이 어느 날 붉은 속살을 드러내더니, 이내 숨 가쁘게 아파트가 솟아올랐다. 그 자리에 들어선 볼썽사나운 아파트를 마주하는 일이 고역이다.

공사장을 지날 때마다 눈에 보이지 않는 가시가 돋는 느낌이다. 귀를 괴롭히는 소음과 보행길을 막아선 공사 장비 때문에 불편함도 크지만, 그보다는 골목을 지켜온 주택을 허문 데 대한 원망이 크다. 내가 살던 집도 아니건만 한 집이 해체될 때는 쓰라리다. 대문이 활짝 열리고 이삿짐이 트럭에 실리는 걸 볼 때마다 또 한 채가 무너지는구나 하고 심산해진다. 철 따라 꽃 피던 정원이 지나가는 발길에 얼마나 기쁨을 주었는지를, 집을 떠난 주인들은 알지 못할 것이다.

공사 중인 두 동의 건물 사이에 끼어, 보란 듯이 버티는 단독주택 한 채가 있다. 나는 끝까지 버텨낼 거야, 이런 다짐처럼 담장에 페인트칠하는 주인을 보며 속으로 응원한다. 공사업자의 달콤한 유혹에 흔들리지 말기를. 집을 포기하는 일이 없기를. 누가 먼저 짓나 내기라도 하듯이 철근을 높여가는 양쪽 공사장 사이에서 꿋꿋한 그 집을 다시 본다. 건설 열기 속에서도 그런 터줏대감 같은 집이 있어 든든하다.

이 동네에 정착하기로 마음먹은 이유가 있다. 그 첫 번째는 단연 교통이 편리해서였다. 정원 있는 집이 즐비하다는 점도 매력 포인트로 작용했다. 무엇보다 쇠미산 진입로가 집에서 가까운 동산이라는 점에 마음을 단단히 뺏겼다. 집을 계약한 날, 산을 보고 두 팔을 뻗고 환호했으니까.

살아보니 생활소음도 거의 없다. 주택가다웠다. 한데 시간이 흐르며 변한 건 주변 환경이다. 조용한 주택가 주변으로 초대형 아파트들이 들어서며 트인 하늘이 점차 좁아졌다. 곳곳에 신축한 오피스텔은 아침 골목길을 밝게 비추던 햇살마저 차단해 버렸다. 멀리까지 보이던 시야도 막히고 하늘을 볼 권리마저 빼앗겼다.

도시 군데군데 솟아오르는 아파트, 빌라와 원룸을 보며 장차 이 도시가 얼마나 삭막해질지 염려스럽다. 신만덕에 있는 레고마을은 지붕을 알록달록하게 색칠해 보는 눈에도 동심이 담긴다. 따스한 색감이 보는 눈과 마음까지 푸근하게 한다. 감천문화마을은 독창적인 자연부락 형태를 고스란히 살린 옛 마을로 유명해졌다.

재개발을 앞둔 지역도 사람 사는 온기를 품은 낮은 주택단지로 형성하면 좀 좋겠는가. 그런데 현실은 정반대를 지향한다. 인구가 수직으로 감소하는 시대에도 높고 정나미 없는 건물만 치솟는다. 따뜻함과 정겨움이 깃든 집은 이 도시에 더는 설 자리가 없는 것 같다.

어느 날 별생각 없이 골목 공사장을 지날 때다. 머릿속에서 생각지도 않은 한 선율이 흐르는 소리를 듣는다. 플레이 버튼을 누른 것처럼 자연스럽다. 스페인 통치 아래 마추픽추를 떠나야 했던 잉카인의 비애, 대규모 농민반란의 중심에서 처형당한 콘도르 칸키의 비극을 담아낸, 페루 민중에게는 희망의 노래였다. 'El Condor Pasa', 안데스 사람들은 자유를 향한 갈망을 비상하는 콘도르에 빗대어 노래했다. 그 비장한 선율이 신축 공사장 위로 집터가 내는 영가처럼 흐느끼는 게 아닌가.

굴착기에 해체되는 집에 묵념하고 가던 길을 간다.

제3부

나무야 나무야

...

색깔을
알 그 나면
친구가
된다.

나무야 나무야

허허! 토정비결을 보던 시아버지가 탄식한다. 세 살 난 맏손자 사주 연월일시에 외로울 '고孤'가 들었다는 것이다. 장차 삶에 닥칠 길흉화복이 궁금하고 사주를 터부시한 적이 없기에 귀가 솔깃했다. 그 조그만 생명체가 타고난, 틀림없는 천지운기에 기가 찼다.

태어나는 순간, 우주로부터 부여받은 운명의 암호라는 사주. 이 사주는 한 사람의 생애를 담고 있는 지문이며, 생년월일시에 따른 개개인의 특징을 상징하고, 통상 타고난 운과 명을 드러낸다고 한다. 이런 포괄 해석만 보더라도 아이 사주는 처한 환경에서 한 치 어긋남이 없다.

남편 동기는 열 형제자매다. 시아버지가 통탄한 사주 속 맏손자는 그중 장손인 시숙이 낳은 유일한 혈육이다. 결혼 전에 장남 자리에 대해 귀동냥한 적은 있기에, 남편이 많은 형제 중 차남이라는 말에 안도했다. 막상 결혼하고 보니 시숙은 지병으로 자리보전한 환자였다. 맏손자 엄마인 동서는 외지로 취직해 나갔노라고 했다. 내가 첫애를 낳았을 때 산바라지 차 온 시어머니 등에 업힌 아이가 그 아이였다. 시어머니가 왜 어린애를 업고 왔는지, 그땐 알 생각조차 하지 않았다. 이십 대 초반인 나는 아직 세상을 잘 몰랐다. 아이를 키울 사람이 할머니뿐이었던 기막힌 사정을 후에 알았다.

결혼하던 해에 시숙이 세상을 하직했다. 놀라운 건 그와 함께 내 운명도 쓸리었다는 점이다. 집안 기둥인 맏아들 존재가 사라지자 지진 대륙판이 자리 이동하듯 판이 바뀌었다. 대가족 집안 둘째 며느리에서 맏며느리로의 수직 이동이었다. 위치 상승이 아니라 얼떨결에 떠밀려 앉게 된, 어쩌면 이런 내력도 내 사주에 들어 있었을까. 그게 궁금하다.

자리가 주는 압박감은 컸다. 그 자리에 이름 올린 자체로 부담이 되었다. 각 형제 집안 행사 참여는 물론이고, 궁극엔 시숙 시아버지 시어머니 제사를 삼십여 해 맡았다. 직접 겪었으므로, 주변인이 맏며느리이면 그 심정을 무조건 헤아려 줘야 한다고 힘주어 말한다. 운명의 별자리가 이동하던 그날 옆방에서 숨죽일 때, 가쁘게 몰아쉬던 시숙 숨이 멎었다는 걸 시어머니 행동으로 알았다. 마당에서 뒹굴며 울부짖는 시어머니를 보고야 말았다. 어떤 말과 위로가 가닿지 않을 그런 상황은 무섭고 떨렸다. 뭘 어떻게 해야 할지. 철없는 며느리는 난생처음으로 상복을 입고, 맏며느리로 상례를 행하고 문상객을 받았다.

아이는 돌 지나면서 부모와 이별했다. 굳이 사주를 들먹이지 않더라도 그 처지가 애달프다. 시부모에게는 살아생전 목에 걸린 가시 같은 존재였음은 두말할 나위조차 없다. 시아버지는 술로 시름을 달랬고, 시어머니는 없는 형편에 분유를 멀겋게 타먹여 아이 배꼽이 작다며 한탄했다.

아이가 중학교에 갈 무렵에는 어촌에서 도시로 나왔다. 두 칸 방인 우리 집에 머물 여건이 안 되어 고모들 집과 삼촌 가게를 전전했다. 열 자식이 한 부모를 모시지 못한다고 하듯이, 많은 형제자매가 조카 한 명을 거두지 못했다.

중학교에 입학한 아이가 학교생활을 무난히 한다고 여겼다. 벽력같은 소식이 날아들었다. 아이가 방학 때 고향 친구들과 어울리며 불미스러운 일에 연관되었단다. 그 일로 파출소로, 경찰서로, 상급 기관으로 인계되면서 법에 갇힌 신세가 되었다. 어린 장손이 그 지경이 되니 시부모 속은 까맣게 졸았다. 형제가 많으면 성격도 성향도 각각 다르다. 선한 심성을 가진 사람이 있는가 하면, 태생인 양 그렇지 않은 사람도 있다. 아홉 형제 중 누군가가 아이를 빼내겠다고 시어머니 지갑을 열었다. 문제는 이런 일이 거듭되어도 아이 석방은 기약이 없다는 것이었다.

가족이 무기력해져 방관할 때쯤, 아이 담임 선생에게서 전화가 왔다. 아이의 숙모이니 보호자로 연락했을 테다. 같이 가서 탄원서라도 써봐야지 않겠느냐고. 내가 먼저 생각하고 실행해야 했을 일이라 다음 날로 바로 약속을 잡았다. 담임은 담임대로 나는 나대로 탄원서 두 장을 빼곡히 썼다. 지우고 수정할 것도 없었다. 진실과 사실대로만 썼다. 담임 선생이 내가 쓴 글을 보자고 하더니 고개를 끄덕였다. 아이는 다음 날 집으로 돌아왔다.

　일본 요리전문학교에 간다고 했다. 스스로 독립해야 하는 처지란 걸 일찌감치 깨쳤을 것이다. 선대로부터 내려오던 바닷가 언덕 밭뙈기를 팔고, 형제들이 십시일반으로 경비 일부를 댔다. 그렇다고 해서 그 아이가 십몇 년간 공부하고 생활하는 뒷바라지를 다 했는가 하면 절대로 그렇지 않다. 말도 통하지 않는 외국에서 눈치껏 생선 다루는 법을 배우고, 주방 일을 익혔을 것이다. 아이가 그곳에서도 알아주는 정통 스시집에서 셰프의 꿈을 키울 동안, 우리는 그런 열정에 귀 기울이지 못했다. 아이에게는 혹독했을 십 년이라는 세월이 훌쩍 지나갔다.

　도쿄 신주쿠 어느 스시집에 한국인 주방장으로 알려지고, 그를 국내 굴지의 회사 회장이 스카우트했는데 응하지 않았다는 소식이 들렸다. 다시 몇 해가 흐른 얼마 전이다. 아들이 어느 블로거가 쓴 글을 보내왔다. 강남구 압구정에 오픈한 스시집인데 예약이 몇 달 후까지 찼단다. 블로거들이 올린 사진에는 조카가 요리사 모자를 쓰고 헤드셰프로 일하는 장면이 수두룩하다. 축구선수 손흥민과 BTS 멤버와 찍은 사진에서 아이의 자부심이 내비친다.

외로워도 슬퍼도 울지 않았던 건, 정작 눈물을 받아줄 사람이 없어서였으리라. 이제는 울 일도 좌절할 일도 없이 야심만이 그 가슴을 채우고 있으리. 얼굴 볼 겸 그곳에 예약이라도 하고 싶다. 내년까지 예약이 찼다는 말에 발길이 머뭇거린다. 혹여 초대해 주면 열 일 제쳐두고 달려갈 텐데, 그저 멀리서나마 지켜볼 뿐이다.

한 조각 한 조각 예술 작업하듯 회를 뜬다. 섬세한 손길에서 그간 건너온 파란의 바다가 파노라마로 흐른다. 돌아가신 시부모님도 이제야 걱정 내려놓고 눈감으시겠다. 사주를 극복하고 늘 푸른 소나무처럼 일어선 아이의 미래를 읽는다. 바닷바람에도 굳건한 해송 海松 처럼, 강인하게 뿌리내린 아이에게 무한한 축복이 깃들기를 소망한다.

파티마에서 켠 촛불

'파티마 성당을 떠올리면 선생님이 생각날 거예요.'

　나도 파티마를 떠올리면 촛불 기도에 동행한 그녀가 생각난
다. 포르투갈 파티마 성당 인근 숙소에서 저녁을 먹고 일행 대
부분은 방으로 돌아간 시간, 여행 목적이 파티마 성당 촛불기
도에 있었다는 노부부와 그녀와 나는 숙소를 나섰다. 저녁 아홉
시부터 두 시간 진행한다는 촛불기도에 참석하려고 낮에 갔던
성당으로 다시 가는 길이다.
　비행한 여독이 남은 데다 버스를 여덟 시간 타고 온 탓에 피
로가 컸다. 자러 갈까 기도에 갈까. 머릿속이 혼란스러웠다. 그
러나 성모 발현 성지에 와서 그곳에서 행하는 특별한 기도에 참

석하지 않으면 평생 후회할 거라
는 일념이 흔들리는 생각을 잠재
운다.

　파티마 성당은 프랑스 루르드,
멕시코 과달루페와 함께 교황청이
인정한 세계 3대 성모 발현 성지
다. 이곳을 찾는 연간 순례자는 수
백만 명에 달한다. 포르투갈 리스
본에서 차로 두 시간이면 닿는 파
티마는 시간이 멈춘 듯 고요하다. 수도원을 개조한 숙소와 그
주변도 한적하다. 변두리라서 그런가 했는데 인구가 겨우 만 명
을 넘는 소도시다.

　살갗에 닿는 9월 끝자락 밤공기가 꽤 쌀쌀하다. 추위도 밤도
피로도, 성당으로 향하는 걸음을 붙잡진 못한다. 고해소에 들어
가는 사람처럼 옷깃을 여미고 마음을 가다듬는다. 묵주기도와
촛불 기도에 동참하려는 여행객과 순례자와 현지인이 늦은 시
간에도 꾸역꾸역 성당으로 모여든다. 그들이 성당 제대를 중심
으로 부챗살처럼 둘러선다.

　낮에는 여행자의 마음으로 가볍게 이곳을 둘러보았다. 하지
만 어둠이 내려앉자, 조명을 받은 성당 십자가가 멀리서도 또렷
하게 나를 이끈다. 광장 저편, 로사리오 바실리카 대성당과 예

수상, 십자가가 조용히 사람들을 맞이한다. 성모 발현 장소인 이곳에 만국 공통의 기도 언어로 세계인의 발길을 이끌고 마음을 모은다.

그날, 스페인 세비야에서 국경을 넘어 리스본까지 이동했다. 유네스코 세계유산인 벨렝탑과 제로니무스 수도원을 거쳐 까보 다로까 Cabo da Roca 에 잠시 내렸다. '이곳에서 땅이 시작되고 바다가 시작된다.'라고 새긴 십자가 돌탑과 바닷가 언덕 난간에 묶어놓은 위령의 국화꽃 한 다발. 유라시아 최서단 땅끝에서 넘실대는 대서양과 빨간색 등대. 이런 풍경에 먹먹해졌지만 마음에 둔 대장정의 목적지는 파티마였다.

십자가와 예수상, 교황 동상, 하얀 성당의 외관 같은 성물로 말미암은 것일까. 성모 발현 장소에 감도는 공기마저 성스럽다. 교황 바오로 2세와 6세 동상을 지나 하늘로 우뚝 선 십자가 조형을 지날 때, 멀리 보이는 성당을 향해 무릎 꿇은 자세로 이동하는 사람이 보인다. 그 앞에도 한 사람이 무릎 꿇고 가고 있다. 몸이 불편한 사람인가. '고난의 길'로 회개하고 기도하며 성모 발현 성당으로 가는 고행자다.

동행한 그녀는 다음에 오면 저 길로 저렇게 꼭 한번 가보고 싶다고. 배 속 생명을 지우고 성당을 멀리했다고 고백한다. 살얼음이 녹듯이 절로 회개하게 되는 이곳에서, 발현한 성모가 목동에게 당부한 회개하라는 메시지를 듣는다.

작은 성당 주변은 은총에 충만한 사람으로 붐빈다. 그들이 켠 촛불이 성전을 중심으로 별빛처럼 반짝인다. 시작 기도가 들리자 맘이 급하다. 서둘러 촛불을 켜고 인파 속에 섞인다. 기도는 알아들을 수 없는 언어로 진행하지만, 가톨릭 신자든 아니든 촛불 켠 마음과 지향점은 크게 다르지 않을 것이다. 서로 다른 시간대에서 온 사람들이 목소리 모아 응답하는 긴 기도가 끝났다.

'파티마의 성모'*가 수도복을 입은 남성 여러 명 어깨에 높이 모셔진다. 신부님들 호위 속에서 광장으로 나선 파티마의 성모 뒤를 촛불 행렬이 따른다. 언어는 달라도 멜로디는 귀에 익은 익숙한 성가를 함께 부르는 밤. 저마다의 간절함으로 촛불을 켠, 다양한 국적의 사람들이 후렴으로 합송하는 아베마리아가 파티마 하늘에 울려 퍼진다.

정신을 압도하던 그 밤, 한마음으로 부르던 성가와 장엄한 공기, 몸 떨리는 경건함과 충만감은 어떤 말로도 설명이 부족하다. 신심이 잦아들 때 그윽이 차오르게 할 축복의 시간이었다. 빛나고, 성스럽고, 고결한 파티마의 성모를 만난 건 일생에 잘한 일이었다. 서울에서 왔다던 그녀가 생각난다.

---

* 파티마의 성모상은 포르투갈 파티마에서 1917년 5월 13일부터 여섯 번에 걸쳐 어린 목동 루시아, 프란치스코, 히야친타에게 발현한 모습을 재현했다.

"인생을 사는 방법은 두 가지뿐이다. 기적은 없다는 듯 사는 것과 모든 것이 기적인 듯 사는 것이다."(아인슈타인)

이는 영화 〈파티마의 기적〉 크레디트 타이틀에 나오는 자막이다. 가슴을 쩡 울리는 이 문장이 영화의 메시지인가 싶다. 파티마 성모 발현 103주년을 기념해 제작한, 믿음에 관한 가장 강력하고 위대한 감동 실화다. 세 목동 중 수녀가 된 루시아의 기억과 역사적 사건을 바탕으로 한, 파티마에 가기 전에 봐야 했던 영화다. 여행은 다녀와서 아쉬운 면이 불거지기도 한다. 어떤 여행자는 파티마로 가는 버스에서 이 영화를 봤다던가. 성모 발현을 다룬 영화를 보고 발현 현장에 지은 성당에 갔으니 그 감흥이 남달랐을 것이다. 이태석 신부 이야기를 다룬 〈울지마 톤즈〉처럼 영화가 끝나고도 한동안 침묵하게 하는 영화다.

1917년 5월 13일, 제1차 세계대전 중일 때 양을 치던 목동 루시아, 프란치스코, 히야친타 앞에 성모 마리아가 나타났다. 루시아의 회고에 따르면 성모 마리아는 빛에 둘러싸였고, 가늘고 섬세한 손에는 묵주를 들고 있었다. 아이들에게 세 가지 비밀스러운 예언을 알려주고 죄인들의 회개를 위해 고행할 것을 당부했다. 그 고행은 낮 동안 굵은 밧줄로 몸을 묶고 더운 날에도 물을 마시지 않으며 세계 평화를 위해서 묵주기도를 드리는 것 등이었다.

성모 마리아는 매월 13일에 다시 와서 평화를 기원하겠다고 말하고, 약속한 날짜에 여섯 번 나타났다. 걷지 못하던 아이가 걷게 되는 등 치유의 기적을 보이지만, 어른들은 아이들의 말을 믿지 않았다. 마지막 발현일인 10월 13일에는 사실을 확인하려는 군중 수만 명이 모였다. 사람들은 그날, 태양의 기적으로 알려진 기이한 현상을 목격한다. 똑같은 경험을 진술하는 목격자가 많았다. 이에 로마 교황청은 '파티마의 성모 마리아 발현'을 공식 인정했다.

이후 처음 나타난 5월 13일은 파티마의 성모 발현기념일로 제정되었다. '1921년 국민 발안으로 성모 발현지에 성당이 건축되었다.'라고 영화가 설명한다.

목동 세 명 중 히야친타와 프란치스코는 스페인 독감으로 세상을 떠났다. 성모가 두 번째 발현했을 때 루시아에게 '프란치스코와 히야친타는 내가 곧 데려갈 것이다. 하지만 너는 좀 더 오래 세상에 남아 있어야 한다.'라고 예언한 내용과 일치한다. 루시아는 수녀가 되었으며 가르멜수도원에 입회한 후 그곳에서 선종했다.

루시아 수녀는 매주 토요일마다 성모 마리아를 만나는 경험을 했다고 전한다. 이 세 사람의 무덤이 로사리오 바실리카 성당 제대 앞에 있어 발현의 기적을 새기게 한다. 다시 올 수 있을까. 성전을 나서며 기약 없는 이별 앞에 짧은 머묾이 아쉽기만 하다.

파티마 성모 발현은 여전히 그리스도인의 삶에 큰 영향을 미친다. 평범한 하루였던 5월 13일은 성모 발현의 기적을 기억하는 날이 되었다. 기억하는 자체가 은총일 테다.

 * 파티마 성당 www.santuario-fatima.pt

범종 소리 흐르는 저녁

가시려고요?

　벌써 가냐는 원망인가. 폭우가 쏟아지는 한길로 나설 때 등 뒤에서 들린 말의 속뜻을 곱씹는다. 설레발치며 먹을 걸 다 먹고 나자 멀거니 앉았기도 그랬다. 카페 첫 손님으로 느긋하게 자리를 지켜도 되련만, 비 맞은 꼴도 그렇고 두어 번 마주친 시선이 신경 쓰인 참이다.

　예전에는 아기를 업고 이른 시간대에 가게에 들어서면, 주인이 재수 좋다며 반겼다. 카페 주인이 마수걸이 손님을 반기는 사람이라면 그럴 수도 있겠다. 그러나 요즘 시대는 마수손님을 특별히 환영하는 분위기는 아닌 것 같다. 일어나서 나갈까, 조금 더 머무를까. 잠깐 고민하다가 엉덩이가 자리를 박차고 일어난 격이다.

　그날, 광안리에 도착하니 오전 아홉 시가 다 된 시간이다. 해

맞이하기에는 늦은 감이 있다. 아침 햇살이 부드럽게 해안선을 감싸며 퍼지고, 일출의 광채가 은빛으로 반짝이는 바다 전경을 카메라에 담을 생각이었다. 백사장을 눈앞에 두고 해변도로를 건널 때만 해도 하늘은 투명했다. 모래를 밟고 카메라를 꺼낼 때까지도 비가 내릴 기미는 보이지 않았다. 다만, 어두운 구름이 몰려 움직이는 게 얼핏 불안하긴 했다.

시커먼 구름이 몰려오는가 싶었다. 눈앞이 순식간에 저녁처럼 어두워졌다. 모래사장 저쪽에서부터 굵은 빗줄기가 빗금을 긋는가 싶더니, 비는 피할 새도 없이 광폭한 소나기로 변하고 만다. 당황스럽기는 바닷길을 오가던 사람들도 마찬가지다. 그들 또한 피할 곳을 찾느라 허둥댄다. 예고 없는 소나기가 몰아치더니 정신을 수습할 틈도 없이 거센 비바람이 온몸을 휘감는다.

양산으로 카메라를 가리기에 턱없이 작다. 목숨보다 카메라가 우선인 사람처럼 카메라를 가슴에 바짝 안았다. 그 와중에 대단한 취재라도 하는 양, 잠깐잠깐 카메라를 꺼내 셔터를 누르며 자외선 차단용 파라솔로 피신했다. 사람들이 속속 파라솔 아래로 모인다. 파라솔은 여럿이 비를 피할 만큼 지붕이 넓지만, 몰아치는 비로부터 상체만 겨우 가릴 뿐이다. 머리는 젖어 들러붙고, 옷은 금세 후줄근해진다. 신발도 흥건해져 질퍽댄다. 모르는 사람끼리 어색하지만 이 순간만큼은 함께 비를 맞는 처지로 위안이 된다.

범종 소리 흐르는 저녁

오색 파라솔 아래는 오롯한 딴 세상이다. 난민이 모인 섬 같다. 길 건너로 가게도 편의점도 보이지만 길 하나 건널 수 없을 만큼 비바람이 세차다. 가로수는 정신 놓은 사람처럼 바람에 몸을 맡기고 흔들린다. 옷이 젖어 지하철을 타러 가기도 내키지 않는다. 지나는 빈 택시도 없는 이런 난감한 상황에서 어떤 시도조차 해볼 수 없다. 자연의 위력 앞에 무력하다.

마냥 비가 그치기만을 기다릴 수 없기에 맨몸으로 나서기로 한다. 등을 잔뜩 움츠리고 빗속으로 나선다. 가게 짧은 처마 아래에서 잠깐씩 비를 피하며 한 발짝씩 전진한다. 영락없이 구경거리 신세다. 그런데 비를 맞던 불편함이 어느 순간 해소되고 몸에 긴장이 풀린다. 생각을 바꾸어 보니 비를 맞지 않으려고만 할 게 아니라 차라리 맞자고 받아들이는 게 훨씬 쉬운 일이었다. 그까짓 비 좀 맞으면 어떠냐고 맘먹으니 마음도 편안해진다.

그렇게 포기한 채 건널목에서 신호를 기다릴 때다. 막막한 상황에서 건져주듯 건널목 사거리 커피점이 문을 연다. 커피집이 이렇게 반가웠던 적이 있었던가 싶다. 구세주라는 말은 딱 이럴 때 쓰는 말이겠지 싶다. 막 가게 문을 여는 때라 손님이 있을 리 없다. 들어가도 될까. 가게 안을 기웃대다가 연륜이 깃든 주인과 눈길이 맞닿았다. '어쩔까요' 하는 애틋한 눈빛으로 그의 눈치를 살폈다. 그리곤 쭈뼛쭈뼛 물었다. '합니까?'라고. '예' 하고 짧은 답이 돌아온다.

쓰나 마나 한 양산을 접고 커피점으로 들어섰다. 퍼붓는 비에 속절없이 당한 탓에 메뉴판 글자가 온전히 보일 리 없다. 생각나는 대로 익숙한 카페라테를 주문했다. 그리곤 손수건을 꺼내서 젖은 카메라며 가방과 옷을 수선스럽게 닦았다. 정신이 좀 들자 그제야 한기가 느껴지고 허기도 급속히 덮친다. 사 온 편의점 김밥을 먹어도 되겠냐고 양해 구하니 흔쾌히 그러라고 한다. 아이가 옷을 거꾸로 벗듯 삼각김밥 포장을 풀어 젖히고 따뜻한 음료를 국물 삼아 허겁지겁 김밥을 먹어 치웠다.

음료도 김밥도 순식간에 동났다. 또 주문하자니 주춤거려진다. 그곳을 나오고 한참 후에야, 한 잔 더 시켰어도 될 텐데 하는 생각을 한다. 당혹스러운 순간엔 어떤 판단이 선명하게 서지 않고, 그 순간에서 벗어나서야 머뭇거린 자신을 되짚곤 한다. 그때 그렇게 할 것을, 그리했어도 좋았을 것을….

허기를 채우고 나니 푹신한 등받이에 등을 붙이고 싶다. 그리하면 잠이라도 쏟아질 것처럼 나른하다. 이런 속마음과는 달리 몸은 부득부득 자리에서 일어나고 있다. 다른 손님이라도 있었더라면 그리 서둘지 않았을지 모른다. 김밥도 먹고 차도 마신 용무는 끝났으므로 앉았기도 뭐했다. 양산을 우산꽂이에서 주섬주섬 챙길 때 조용한 한마디가 등 뒤로 들린다. 가시려구요?

도로 앉는 것도 그랬다. 대답 대신 어색한 미소만 새어 나온다. "조금 더 있다 가세요" 혹은 "따뜻한 물 한 잔 드시고 가세요" 했다면 나는 "그럴까요?" 하며 슬쩍 자리에 앉았을지도 모른다. "가시려구요" 이 말은 아침부터 비에 홀딱 젖어 들어와서 차와 삼각김밥을 후딱 먹고는 자리 털고 나가는 가게 첫 손님에게 보낸 애정이었다는 착각을 아직도 하고 있다.

　광안리에 갈 때 사거리 그 커피집을 지난다. 어느 날도 슬쩍 안을 엿보니 주문대에 서 있는 여자가 낯설다. 그 장소에 오기까지 혼자 한 상상이 연기처럼 하늘로 번져나간다. 그때 아침부터 비 맞고 들어왔던 사람이라고 말하면 기억할지. 왜 이리 더디 오셨냐는 속말이라도 듣고 싶었던 걸까. 기대한 듯, 괜히 섭섭하다.

Do it yourself

꽃묶음 그림이 화사하다. 틈이 날 때마다 자리 잡고 앉아 생명을 불어넣은 캔버스 그림이다. 휑뎅그렁한 거실 벽에 걸 명화를 꿈꾸며 시작한 일. 모방 예술이지만, 진정한 작품이란 노력과 열정 속에서 완성된다는 걸 그림을 완성해 가며 알게 된다.

'Do it yourself'는 약자로 DIY로 불린다. 자기 손으로 무언가를 만들어 내거나 수리한다는 의미로, 제2차 세계대전 후 물자와 인력이 턱없이 부족했던 영국에서 본격적으로 확산됐다. 누구의 도움도 기대할 수 없던 시대에 사람들은 손끝에서 스스로 길을 찾았다. 요즘은 직접 물건을 만들거나 수리하는 세계적인 문화로 널리 자리 잡았다.

알고 보면 DIY는 일상에 깊숙이 스며들어 있다. 가정에서 흔히 쓰는 휴지 케이스와 같은 생활 소품에서부터 정리 수납용품,

범종 소리 흐르는 저녁

벽장식, 인테리어 소품, 작은 가구까지 그 범위가 매우 넓다. 전문가가 아니어도, 직접 만들고 고쳐가는 과정에서 손쉽게 성취감을 느낄 수 있는 즐거운 작업이다.

그리고 싶은 그림을 골라서 주문하면 된다. 물감과 작은 붓, 캔버스까지 다 들어있다. 캔버스에는 빈틈없이 밑그림이 그려져 있는데 그림을 촘촘히 메운 숫자가 마치 보물 지도에 쓰인 암호처럼 보인다. 앙증맞은 물감 뚜껑에도 숫자가 적혀 있다. 그림에 적힌 숫자와 같은 번호가 적힌 물감을 찾아 칠하면 그림이 완성을 향해 간다. 얼마나 기발한가. 더구나 그림에 소질이 없는 나 같은 사람에게는, 머릿속에 벼락이 치듯 정신이 번쩍들게 하는 아이디어 제품이다.

욕심을 부려 처음부터 대작을 주문했다. 막상 배달 온 상자를 열어보곤 기함했다. 숫자가 많아도 이렇게 많을 줄이야. 더군다나 수백 개의 숫자가 깨알만큼 작다. 손을 바들바들 떨며 작은 칸을 색칠하는 육체적 수고는 물론이고, 고도의 집중력까지 요구한다. 숫자 하나를 메워 갈 때마다 밑그림이 속맘 드러내듯 시나브로 윤곽을 보이기 시작하면 눈빛이 생기 돈다. 고개 꺾고 작업하다가 겨우 허리 펼 즈음에야 깨닫는다. 모작이긴 할지언정 이 그림에는 나의 노력과 정성과 시간이 그대로 녹아든다는 것을.

하루이틀에 칸을 다 채우겠다는 욕심은 애초에 내려놓는 게

현명하다는 걸 알게 된다. 그래도 밤을 지새워서라도 꽃송이를 빨리 피우고 싶은 유혹에 흔들린다. 성미 급한 이는 이런 유혹을 떨쳐내기 쉽지 않다. 자칫하면 잠잘 시간을 뺏기고 지친 눈을 쉬려 작업을 멈춰야 할지도 모른다. 틈틈이 눈도 쉬고 완성작을 기다리는 마음의 여유가 필요하다. 그만큼 모방 그림도 가벼이 여길 게 아니다.

단순한 듯 보이지만 이 작업은 묘하게 인내심을 시험한다. 한 칸 한 칸 마음을 다스리듯 채워나가다 보면, 연꽃을 띄운 차 위로 꽃잎이 나풀나풀 펼쳐지듯 그림이 서서히 피어난다. 그 순간, 희열이 솟는다. 완성될 그림을 보고 싶다는 마음에 붓을 든 손을 도무지 멈출 수 없다. 이것이 DIY 그림 그리기의 묘미다. 고대하던 꽃이 활짝 피는 기쁨을 맛보는 순간, 그간의 수고로움은 연기처럼 사라진다.

캔버스를 색으로 메우기 시작한 지 며칠째. 드디어 꽃망울이 송송 맺히더니 보란 듯이 꽃송이가 형체를 드러낸다. 365개는 넘을 숫자 칸을 메우는 동안, 다리가 저릴 정도로 앉아 있었다. 돋보기안경 아래로 볼록렌즈까지 겹쳐 쓰고, 개미 똥만 한 숫자를 찾아 새해 나날을 채우듯 정성 기울여 칸을 색칠해 나갔다.

새빨간 꽃이 만발한 캔버스를 벽에 걸고 나르시시즘에 빠져든다. 비록 무명 화가의 작품일지언정, 그림이 내 손끝에서 태어났다는 사실만으로도 벅차다. 대작을 완성하는 건 의욕만으로 되는 게 아니었다. 사는 일도 덤벙대는 걸음으로만 채워지지 않는다는 걸 그림을 채우며 수도하듯 배운다. 천 리 길도 한 걸음부터라고, 하늘에서 뚝 떨어지듯이 이루어지는 결과는 없었다.

캔버스에 적힌 숫자들은 고유의 색을 나타내는 기호였다. 그 색들이 각자의 자리를 찾아가며 마침내 완성된 그림처럼, 우리가 살아가는 날에도 의미 없는 하루는 없을 것이다. 처음 그린 이 꽃 그림 대작도 한 칸에서부터 시작했다.

손끝으로 알뜰히 피워낸 꽃처럼, 새해 달력 속 날들도 정성껏 채워야지. 그림 속 칸을 하나하나 채워가듯, 하루하루를 쌓아가는 삶은 나만의 걸작이 될 테니까.

내게로 오는 사람들

설레는 손끝으로 우편함을 연다. 작은 사각 공간에 오늘은 어떤 소식이 도착해 있을까.

택배는 문 앞으로 오지만 가벼운 우편물은 우편함으로 들어온다. 하기에 며칠 외출하지 않아 챙기지 않으면 우편물이 그곳에 재여 머물 때도 있다. 그들 대부분은 책이다. 간혹 봉투가 찌그러지고 모서리가 찢겨 있기도 하다. 멀고 가까운 데서 도착한 그들 흔적이 안쓰럽다. 혹여, 책을 보낸 이가 보고 있기라도 한 듯 괜스레 미안한 마음이 스친다.

연말이 가까워지면 작가들의 한 해 결실이 책으로 쏟아진다. 한껏 단장한 책들이 나를 봐 달라며 주소를 따라 속속 당도한다. 그러고 보면 우편함은 새 책이 꽂히는 서재나 다름없다. 이곳을 비우는 일은 공간을 정리하는 행위만이 아니다. 내가 여기에 살아가고 있음을, 내 일상이 단단히 뿌리내리고 있음을 증명하는 표시이기도 하다.

오픈 서재에서 책을 꺼내며 보낸 이를 생각한다. 누군가가 이 봉투 속에 안부와 출간의 열정을 담아 보냈을 것이다. 책 한 권이 가벼이 여길 우편물이 아닌 게다. 거기엔 한 사람의 마음과 시간이 고스란히 담겼다. 그가 여전히 글을 쓰며 살아가고 있다는 조용한 증표다.

봉투에서 보낸 이를 확인한다. 이름과 주소는 대부분이 인쇄된 글자지만, 드물게는 자필로 또박또박 써서 보낸 이도 있다. 다양한 서체로 인쇄된 주소에도 정성이 깃들었다. 나란 사람을 빠트렸다가 쓴 듯이 직접 쓴 필체를 보면 개성 담긴 글씨에서 그 얼굴이 겹친다. 친한 사람이든 모르는 사람이든, 나를 떠올리고 수고했을 모습이 상상된다. 사인하고 포장해서 우체국까지 가는 수고로움은 결코 가볍지 않다. 나 역시 그같은 작업을 여러 번 했던 터다. 봉투를 뜯으며 궁금하다. 초면인 책과 상봉하는 순간이기 때문이다.

수필집이거나 동인지나 문예지들, 넘쳐나는 책을 책장에 두 줄로 꽂아야 할 지경이다. 이따금 정리하지 않으면 안쪽에 꽂힌 책은 잊힌다. 하여 어느 날은 생각을 바꾸었다. 내게로 오는 책은 그 사람이 나를 만나러 온 것이라고. 나를 알거나 모르는 이가 마음으로 보낸 작품활동의 결실로 보자고. 그리 여기고 기꺼운 마음으로 그를 맞이하기로 한다. 희한하게도 마음을 먹기 전과 먹은 후의 생각은 천양지차다. 책 한 권도 허투루 보이지 않는다.

생각을 바꾼 데는 이유가 있다. 책장이 좁아 집을 정리할 때 처분 대상으로 분류한 책도 있었을 것이며, 첫 장조차 펼쳐보지 않은 채로 책장에 꽂혔거나, 펼쳐보지 못한 책도 있었을 것이다. 그것이 미안한 마음으로 남아 있었던가 보다. 생각을 달리하자 놀랍게도 배달오는 책을 바라보는 시선도 달라졌다. 책에 담긴 보낸 이의 정성도 새삼스레 다가왔다.

작가 프로필을 필두로 책장을 연다. 책머리와 차례를 읽으며 상대 마음의 집으로 입장한다. 어떤 이야기가 담겼을까. 눈에 든 제목을 택해서 몇 편의 글을 맛본다. 다음은 짚이는 대로 읽으며 문장 속에 스민 사유와 고뇌와 그 삶을 엿본다. 내가 미처 건지지 못한 소재를 택한 데 대해서는 경탄하고, 상대가 지나온 저간의 사정도 헤아린다. 깍쟁이 같게만 보이던 그 내면에 잠긴 수심도 읽힌다. 문장을 평가하지 않는다. 글은 곧 그 사람임으로 따뜻한 시선으로 이해할 따름이다.

감정선이 일치할 때 보람을 느낀다. 시시한 글에도 한 가지 배울 점은 있다는데, 코끝이 매콤해지는 동질감도 든다. 공감하며 읽었노라고 전달하고 싶다. 웬만하면 카톡이나 메시지로 마음을 전한다. 그제야 책은 편안히 책꽂이에 꽂힌다. 봉투에 인

범종 소리 흐르는 저녁

쇄된 주소는 오려서 책갈피에 꽂아두는 걸 잊지 않는다. 후에 내 책을 보낼 수도 있기에 혹시나 하고 챙겨두는 편이다.

세밑에 이틀이 멀다고 배달오는 책을 제때 다 읽지는 못한다. 책상에 쌓아두고 여유 있을 때 펼친다. 답장도 이때 몰아서 한다. 글 한 편도 읽지 않은 채 답장을 보내는 건 무성의하지 않은가. 어떤 이에게서 책 봉투도 열어보지 않고 폐지로 내놓는다는 말을 들은 적이 있다. 그렇게까지 하기에는 양심이 너무 찔리지 않을까.

씁쓸한 다른 얘기도 들린다. 사인을 담아 어떤 이에게 보낸 책이 중고 서점에 나와 있더라는 이야기다. 내가 사인해서 보낸 책도 그런 곳에 놓이지는 않았을까. 새 주인을 만나는 일도 나쁘지는 않겠다. 중고 서점에 갔을 때 내 책을 검색해 보려다가 혹 마음 상할까 봐 그만두었다.

자신 삶을 한 권의 책으로 엮어 세상에 내놓는 과정은 뿌듯하다. 반면, 고단한 작업이다. 발간하고 나면 심신이 지쳐 책을 마주하기조차 싫은 순간도 찾아온다. 그 작업의 힘듦을 알면서도 책이 넘쳐나면 귀함의 정도가 덜할 수도 있다. 책을 내면서도 보내는 일을 한 번쯤 망설이게 되는 이유다.

활자로 찍혀 나온 책을 나 혼자만 읽는다면, 과연 그것이 무슨 의미가 있을까. 책은 결국, 마음의 조각이 아닌가. 내 책이 비록 어디로 흘러가더라도 한 사람의 기억 한편에 머물기를 바란다. 봉투에서 책을 꺼낼 때 보낸 이의 온기를 느끼고자 한다. 그도 누군가에게 닿기를 바라는 마음으로 책을 보냈을 터이니.

전화기 화면 속 짧은 글들이 지배하는 세상에서 종이책이 설 자리는 점점 사라진다. 이런 시류에 삭막한 감성을 유지하게 하는 도구로 책보다 적합한 게 있을까. 하여, 내가 낸 책도 어딘가로 보낼 것이다. 어느 한 사람의 감성에 닿기를 바라는 마음을 담아서. 공들여 만든 책이라면, 세상에 나가 누군가의 마음을 비출 자격이 충분하지 않겠는가.

오늘은 누가 왔을까. 우편함을 살피러 나간다.

범종 소리 흐르는 저녁

말애야 말애야

    소극장 무대에 소녀가 등장한다. 관객석 여기저기에서 탄식하는 소리가 들린다. 현역 해녀이자 수필가로 대변항을 지켜왔던 그가 연극 무대에 올랐다. 태연히 웃던 영정 사진을 마주할 때, 대변항 방파제에서 갯바람 맞으며 노제를 지낼 때, 그의 수필이 탄생한 비좁은 방 책상 위에 남겨진 고뇌의 흔적을 볼 때처럼 가슴 저민다.

    물질하는 짬짬이 쓴 그의 글을 수필집으로 묶었다. 『해녀가 부르는 바다의 노래』, 『파도의 독백』 출간 작업을 했다. 해녀로 살아온 굴곡진 삶과 그 소회를 길어 올린 글에는 웅숭깊고 날것 그대로의 그의 일상이 담겼다.

    봄비가 잦던 그해 4월, 걸걸한 목소리로 통화한 여운이 가시기도 전이었다. 폭우가 대변항을 후려치고 간 다음 날, 그가 주검으로 떠올랐단다. 태어나 자라고 평생을 산, 집 앞 대변항에서.

'그렇게 정겹게 웃지나 말지. 대변항에 빗줄기가 굵어지던 그날 밤, 가로등 아래로 비가 부서지듯 갈라진다며 소녀처럼 환하게 웃었다.'고, 사고 전날 생전의 그를 마지막으로 본 수필가가 연극 대본을 썼다. 그 1주기에 추모하는 연극이 무대에 올랐다.

사십여 해 해녀로 살아온 삶은 녹록지 않았다. 집안 사정이 허락하지 않아 그토록 가고 싶어 한 중학교에 진학하지 못했다. 하지 못한 공부에 대한 목마름으로 문학 언저리를 기웃거렸다. 그에게 문학은 구원이고, 생을 밝히는 등대며, 내일을 살게 한 힘이었다.

기구한 사실은, 바다에 터전을 둔 삶은 그 터전에서 목숨을 다하는 경우가 잦다는 것이다. 그의 쌍둥이 남동생 중 한 명이 갓 제대하고 어선을 타고 나갔다가 전복돼 바다에 묻혔다. 해녀로 살던 둘째 언니마저 바다에서 변을 당했다. 이런 살벌한 현실에 당면한 그의 정신 근력이 나락으로 곤두박질쳤다. 바다는 두려움과 원망의 대상으로 바뀌었으며, 한편 괴로운 현실을 벗어나 해방감을 누리는 공간이기도 했다.

숨을 참으며 물질하다가 바다 위로 고개 내밀며 몰아쉬는 휘파람이 숨비소리다. 수십 년 단련한 숨운동 결과인지 그는 목청이 시원시원했다.

연거푸 숨을 머금고 하늘을 향해 비상하듯 발길을 차고 올라 물 위로 머리를 내밀자, 전율을 동반한 환한 하늘이 딴 세상인 양 펼쳐져 있었다. 내내 무겁게 닫혀있던 하늘 문이 활짝 열리고 그 안에 담겨있던 꿈들이 와르르 쏟아져 나오고 있었다. ······ 나는 자맥질을 멈춘 채 두렁박을 가슴으로 끌어안았다. 넋을 잃은 듯, 무언의 함성을 깊이 삼키며 고개를 젖혀 하늘을 올려다보았다.

– 박말애 '파래장의 연가' 일부

겨울 바닷속에서 숨을 쉬러 물 위로 고개를 내밀었는데 함박눈이 하늘 가득 쏟아져 내리더라는 거다. 그녀만이 누리는 장관에 감성 충만한 해녀의 가슴이 얼마나 황홀했을까. 그 짧은 황홀함이 있기에 해녀의 끈을 놓지 않고 바다로 들어갈 용기가 생겼지 싶다.

해녀 복장을 하고 바다로 들어가는 그를 카메라에 담은 적이 있다. 머리까지 덮어쓰는 고무 잠수복을 입고, 부력을 조절해 물속에서 자맥질하게 하는 6kg 정도의 납추를 허리에 매단다. 수경을 쓰고, 몸을 의지하는 생명 통인 테왁, 채취 도구인 빗창, 채취한 해산물을 담을 망사리까지 챙기면 장비가 갖춰진다. 그때 깊이를 알 수 없는 시푸른 바다로 저벅저벅 걸어 들어가는 그를 렌즈로 지켜봤다. 뭉클한 생존 현장이었다.

바다에서 생명 줄인 테왁 줄 매듭이 끊겨 위태로운 적도 있다. 어둑한 바다 저만치서 큰 배가 다가오는 위험천만한 적도 여러 번이다. 많은 위험에 직면한 해녀로 살면서도 남에게 받은 고마움은 잊지 않고 챙겼다. 대변항에서 나는 다시마, 미역 같은 해산물로 보답했다.

무대 화면엔 수중 영상이 흐른다. 그가 쓴 수필 낭독도 이어진다. 즐겨 부르던 노래 '친구여'가 배경에 흐르고, 해녀 마리오네트가 객석을 지나며 관객과 작별 의식을 치른다. 씻김굿을 치르듯 실내가 숙연하다.

연극 〈말애야 말애야〉를 연출한 감독은 '실타래같이 바다에 얽혀있는 고인의 개인사는 결국 그의 글로 남게 됐고, 바다가 그를 데리고 가는 과정은 감동의 순간이 될 것'이라고 연극을 소개한 바 있다. 평생 바닷바람 마시며 살다가 바다 품으로 돌아간 사람. '저승에 목숨을 맡기고 이승에서 일하는 게 해녀이며, 온몸이 파랗게 물들지 않으면 해녀가 아니다.'라는 그의 글은 해녀로서의 절절한 고백이다. 천생 글로 생을 노래할 수밖에 없던 사람이다.

치킨에 맥주 한잔하자고, 서로 시간 한번 맞추는데 뭔 사유가 그리도 많던지. 돌이켜보니 해녀 일을 하는 그가 만나자고 하면 그의 시간을 배려해야 했다. 보통 생각으로는 칼날처럼 매서운 한파의 날씨에는 바다 일을 하지 못할 것 같다. 그러나 파도가 세차거나 태풍주의보가 내리지 않은 다음에는 물질을 나가며, 쉬는 날에는 다시마 말리는 작업을 한단다. 그런 일정에 잠깐 짬이 날 때 사람을 만나는 거였다. 그걸 맞춰주지 못하고 미루다가 영영 실행하지 못한 숙제로 남고 말았다.

연극 엔딩처럼, 비바람 치던 그 밤에 실족이 아니라 진정 스스로 바다에 발을 담갔을까. 도무지 알 수 없는 화두만 남기고 아슬아슬하게 이었던 생의 끈을 놓은 사람. 그의 영정을 따라 살던 집에 들렀을 때 마루에 앉아 있던 노모가 미웠다. 황혼기의 그가 모임 중에도 성급히 자리를 뜨게 한 장본인이었기에.

하고 싶은 건 미루지 말 것. 좋아하는 건 참지 말고 행할 것. 자신을 위해 즐겁게 살 것. 스스로 주인으로 살 것…. 그가 떠난 후 삶을 주도하는 방식을 송두리째 바꾸었다. 시절마다 보내온 미역귀며 다시마, 미역이 아직도 남아 있다. 그를 잊을까 봐 아껴 먹는다.

모자 없는 날

　패션은 시대에 따라 변한다. 모자도 유행의 흐름을 탄다. 그러나 모자는 단순한 패션 아이템이라기보다 실용적인 면을 무시할 수 없다. 햇볕을 가려주고, 머리를 따뜻하게 감싸며, 때로는 안전을 지키고 신분을 드러내기도 한다. 모자는 옷가지 이상의 존재감을 드러내며 스타일을 완성한다.

　내가 가진 모자는 버킷햇 벙거지, 밀짚 소재의 파나마햇, 비니, 페도라, 등산모까지 종류도 모양도 용도에 따라 구색을 갖추었다. 하지만 많은 모자 중 정작 자주 쓰는 건 몇 개뿐이다.

　그럼에도 관심은 늘 모자에 가 있다. 모자 가게 앞을 지나면 어느새 디자인을 살피고, 내 머리에 잘 맞는 모자가 있을까 유심히 들여다본다. 이미 가진 것이 충분한데도 모자에 대한 관심은 좀처럼 줄어들지 않는다. 이런 걸 보면 모자는 단순한 장식

도구를 넘어, 분위기를 좌우하고 개성을 드러내는 매개체로 자리 잡은 듯하다.

옷장을 정리하듯 모자도 이따금 손길이 필요하다. 자주 쓰지 않아 잊힌 것, 구겨진 채 방치하는 모자가 생긴다. 한때는 머리를 감싸고 세상을 함께 걸었지만 설 자리를 잃은 모자들이다. 그중 몇은 재활용함으로 떠나고, 당근마켓을 통해 새로운 주인을 만나며, 시골집으로 보내어 들판이나 햇빛 아래서 쓰임을 찾는다. 그렇게 모자도 생김새와 용도에 따라 제 길을 찾아간다.

계절이 바뀔 때면 옷장 앞에 서는 시간이 늘어난다. 걸린 옷이 많은데도 정작 입을 게 없다. 모자도 이와 다르지 않다. 수십 개를 두고도 결국 손이 가는 건 익숙한 몇 개뿐. 쓰지 않지만 버리지 못한 모자도 있다. 낯선 길을 함께 걸었던 모자, 여행지에서 기념으로 산 모자 등. 좀체 쓰지 않아도 버리자니 손끝이 머뭇거리는 이유다. 사진 속에서 모자가 내 지난 시간을 증빙한다. 그때 나는 이 모자를 썼고 저런 모습으로 살아 있었구나. 몇 개씩 챙겨가 기분 따라 눌러썼던 모자들이 그때의 나를 빛나게 해 주었구나.

볕이 있는 낮에는 챙 있는 모자를 쓴다. 그러나 실내에서나 저녁 시간에는 챙 달린 모자가 어색하다. 실내 용도로 모자가 필요해진다. 해변에서는 모자챙이 탄탄하지 않으면 햇빛을 차단하기는커녕 바람에 뒤집힌다. 챙이 탄탄한 모자를 사는, 대개 이런 식이다. 가장 질리지 않는 건 유니섹스 디자인을 지향하는 페도라다. 크라운 모자의 윗부분 가운데가 오목하게 들어간 스타일로 정장뿐만 아니라 캐주얼 스타일에도 무난하게 어울린다. 이 페도라가 멋스러워 색깔별로 여럿이다. 취미도 변하듯이 즐겨 쓴 이 모자도 어느 날부터 시들해졌다. 마치, 이유 없이 좋던 사람이 어느 날 데면데면해진 격이랄까. 그래도 보관만큼은 눌려 찌그러지지 않게 신경 쓰는 모자다.

패션에도 마무리가 있다면 구두나 핸드백 향수 같은 게 아닐까. 여기에 모자를 추가한다. 모자는 가벼운 액세서리가 아니라 기분과 개성을 완성하는 마지막 한 요소라 할 만하다. 쌀쌀한 날씨에나 뜨거운 햇살이 정수리에 내리쬐는 날에는 모자가 머리를 감싸고 기후로부터 보호한다. 어쩌면 실용적인 필요에서 탄생한 이 도구가, 점차 멋을 더하며 멋 내기 도구로 자리 잡았을 것 같다.

모자를 즐겨 쓰는 이들에게는 공통점이 있다. 모자 가게 앞을 그냥 지나치지 못한다는 점이다. 색다른 스타일을 연출하려는 이가 선호하는 필수 아이템이기에 그렇다. 모자 덕후는 용도별 기분별 날씨별 의상별 여행지별로 모자를 갖추고 싶어 한다. 신기하게도 선호하는 옷 스타일이 있듯이 모자도 결국 비슷한 디자인의 테두리에서 벗어나질 않는다.

내게 온 모자마다 저마다의 출처와 사연을 지니고 있다. 베트

범종 소리 흐르는 저녁

남 어느 호텔 매점에서 산 만 원짜리 밀짚모자, 일본 한 쇼핑가에서 보곤 눈에 밟혀 되돌아가서 산 모직 페도라, 대구 근대화거리 어느 옷집 마네킹이 쓴 모자에 혹해서 친구들과 하나씩 산 배색이 화사한 밀짚모자, 직접 짜거나 수놓거나 그림을 그린 모자…. 이렇게 쟁인 모자들은 내 삶의 풍경 속에 스민 흔적 일부다.

모자를 처음 썼을 때 기억이 확연하다. 마흔 초반 시절, 청바지에 운동화 차림으로 영남알프스라는 영취산 등산길에 친구를 따라 동행했다. 그날 한 일행이 내 복장을 보고 크게 나무랐다. 해발 천 미터의 산을, 볕을 가릴 모자도 없이 평상복과 운동화 차림으로 오른 내 모습이 무지해 보였나 보다. 당시는 그 속뜻을 이해하지 못했다. 요즘 같으면 그런 차림으로는 나설 엄두도 내지 않았을 테다. 아무런 준비 없이 동네 골목을 걷는 차림으로 알프스라는 산에 올라갔으니 얼마나 무모했나 싶다.

그날 볕가리개라도 해결하려고 휴게소에서 오천 원짜리 모자를 하나 샀다. 베이지색 벙거지를 눌러썼더니 잘 어울린다고들 했다. 모자를 생전 처음 쓴 모습에 자신감을 얻고부터 모자 쓰는 게 거북하지 않았다. 그 모자를 몇 해 쓰고는 빨래하듯 조물조물 씻었다. 모자챙 풀기가 씻겨나가 힘을 잃고 흐느적거렸다. 모자는 씻으면 망가진다는 걸 몰랐다. 돌아보면 나의 모자 변천사에는 덜 성숙한 지난 시간도 들어 있다.

여전히 모자를 애용한다. 어느 날엔가는 이 모자들에 왕창 싫증이 나는 날이 올지도 모르겠다. 모자걸이와 보관함에 꾸역꾸역 포개둔 모자를 왕창 쓸어낼지도 모르겠다. 아직은 그럴 마음이 없긴 하다. 혹 내칠 게 있나 하고 이틀에 한 번씩은 모자를 훑어보지만, 여전히 내 일상 안에 있다. 어쩌다 모자 없이 나선 날은 머리통이 시원하다.

　　　　　　　　　　　　범종 소리 흐르는 저녁

어머니 손맛

　일상에서 대하는 음식도 글 속에서는 특별한 의미로 다가온다. 문학이라는 틀 안에 음식이 등장할 때 그 음식은 저마다의 사연 따라 뇌리에 재편성된다. 한 고유명사가 서사의 중심에서 어떤 매개가 되기도 하는 것이다. 유명 문학 작품에도 음식을 주인공으로 내세운 경우가 있듯이, 많은 작가가 글 속에 음식을 등장시킨다.

　현진건의 단편 『운수 좋은 날』에 등장하는 건 설렁탕이다. 일제강점기 하층민의 비참한 삶을 그려낸 먹거리가 설렁탕이 아닌 갈비탕이었다면 어땠을까. 갈비탕이었으면 내용이 극적으로 전개되는 데 도움이 되었을까. 문득 그런 생각이 든다. 국수가 등장하는 글도 있다.

　'때로는 허름한 식당에서/어머니 같은 여자가 끓여주는/국수가 먹고 싶다.' 이상국 시인의 시다. 이 시를 처음 만났을 때 국수를 당장 먹고 싶게 국수맛이 감돌았다. 시에서 또는 소설과 수필에서 음식은 적소의 문장에서 후추처럼 제피처럼 제 역할을 톡톡히 해낸다.

나의 뼈대가 굵어지게 한 건 어머니가 살아낸 장편 서사에 등장하는 음식들이었다. 궁핍하고 노곤한 삶에도 꼿꼿하게 등 펴고 자식들 키워낸 자체가 장편 서사가 아니겠는가. 요즘 들어 어머니가 해주던 음식이 자주 목젖을 건드린다. 그 음식들에는 고된 삶 속에서도 자식들 먹이고자 한 마음이 고스란히 배어 있다. 이제는 다시 맛볼 수 없다는 사실이 문득문득 마음 한쪽을 적실 뿐.

고향집 대문을 들어설 때 큰 소리로 '엄니'를 부른다. 답하는 이도 내다보는 이도 없이 빈집에 고인 어머니 환영과 썰렁함에 애가 받친다. 손길 닿지 않아 거미줄 쳐진 장독간과 손바닥만한 꽃밭과 마당을 지키는 감나무가 인기척 없는 집을 지킨다. 집은 그 자리에 그대로인데 어머니가 계시지 않으니, 공기마저 숨죽인 듯 서먹하다.

어머니 손맛 밴 음식을 먹고 싶다. 고급스럽지도 않고, 때깔이 곱지도 않은, 들일을 하다 돌아와서 손에 묻은 흙 씻고 뚝딱 만들어 내던 투박한 음식들. 이승의 기억을 지워가는 어머니를 보면서 불쑥 깨친 게 있다. 어머니는 가족에게 평생 음식 공양을 했다는 사실이다. 당신은 부처 앞에 바치듯 가족에게 공양한 것이었다. 식구들은 예사로이 받아먹기만 했다.

벗가을도 끝나고 가을 설거지가 마무리되면 어머닌 밑반찬 장만을 서두른다. 멍석 가득 무말랭이를 말리고, 깻잎을 한 장씩 낱낱이 포개어 깻잎장아찌를 준비한다. 감자는 통째 얇게 썰어 소금 넣은 끓는 물에 굴려내어 말려서 부각용으로 준비하고, 들깨도 송이째 찹쌀 풀 입혀 들깨보숭이를 만든다. 손이 많이 가는 이런 저장 식품은 이제 추억 속 음식이 되었다. 어머니 손에서 빚어지는 그것들은 오롯이 가족을 위한 수고였으며 정성이었다.

고향에 다녀와서 보따리를 풀 때 세상 든든했다. 담아 온 밑반찬으로 냉장고 자리가 비좁았다. 그중에서도 무말랭이무침은 적어도 반백 년은 거른 적 없이 받아먹었다. 이태 전쯤, 장독 바닥을 긁어 가져온 무말랭이무침을 다 먹었을 때 형언할 수 없이 헛헛했다. 어디에서도 살 수 없고 먹을 수 없다는 상실감이 컸다.

어머니는 명절 몇 번을 보내기까지 망설이다가 올 설을 쇠고 그예 요양원에 들어가셨다. 무수한 뒷말이 나도는 미지의 세계로 거처를 옮기며 불안해하셨다. 운신이 자유롭지 못할 뿐 의식은 또렷했으니 그럴 만도 했다. 자식들과 면회하고 돌아설 때 복잡한 감정으로 두 눈이 그렁그렁하던 어머니. 그 눈빛 속에

든 깊은 슬픔을 읽었다. 어머니는 평생을 살아온 곳, 여생 다하는 날까지 살 줄 알았던 고향집을 그렇게 떠났다. 이제 여생에 머물 집이 바뀌었다. 당신도 체념한 듯하다. 어머니를 공동생활 공간에 두고 나올 때, 눈에 보이지 않는 현실이라는 벽이 우리 사이에 놓여 있는 듯하다.

바람이 스산한 날, 어머니를 만나고 오는 길에 무말랭이가 떠올랐다. 감자부각 만들기도 실패하고, 고추장도 망쳤는데 무말랭이 맛만은 살릴 수 있을 것 같았다. 당장, 껍질이 얇고 맵지 않아 보이는 허벅지 같은 허연 무를 여남은 개 샀다. 칼이 무뎌서인가. 칼을 쥔 손과 팔이 금세 아프다. 큰 무를 대여섯 개 썰었을 때쯤 검지에 물집까지 생겼다. 인내심도 요구된다. 어머닌 농사일을 끝낸 가을 끝자락에 무를 썰어 말렸다는 걸, 볕과 바람과 기온을 체감하며 기억해 낸다.

양념 듬뿍 먹은 무말랭이를 볼록한 단지에 소복이 담았던 양으로 보아 썬 무가 수십 개는 되었을 것이다. 거실에 자리 펴고 무를 다 썰 동안 몇 번을 일어났는지 모른다. 이런 일을 어머닌 한 해도 거르지 않고 해오신 거였다. 그러고 보니 어머니 곁에서 무를 함께 썬 적이 없다.

썬 무를 널어둔 옥상에 올라가니, 늦가을 밤바람과 가을볕에 꾸들꾸들 마른 무가 몇 줌으로 줄었다. 줄어든 무를 보니 허무할 지경이다. 수시로 몇 개씩 사다가 썰어 말려야겠다.

어머니 손맛이 밴 음식을 대라면 열 손가락은 금방 꼽는다. 두툼하게 썰어 석쇠에 올려 아궁이 불에서 구워내 양념한 가지나물, 간장과 작은 멸치 정도가 들어간 고추 다짐 볶음, 들깨 알갱이가 톡톡 터지는 들깨보숭이, 자식들이 오면 튀겨주던 감자부각, 고추장 넣고 진득하게 볶아 낸 비계 섞인 돼지볶음, 냉동 오징어로 끓인 수루밋국, 동탯국, 무말랭이무침….

당신이 평생 우리 밥을 지어 준 세월을 떠올리면 속이 묵직해진다. 그렇게 희생한 대가로 자식들은 건강한 삶을 살고 있다. 이제 그 손에서 음식 냄새조차 지운 지도 오래다. 절절했던 생은 대단원 끝을 향해서 서서히 마무리되어 갈 뿐.

무말랭이무침은 무가 양념을 흡수한다는 걸 염두에 두지 못했다. 양념을 듬뿍 넣어야 때깔 좋고 먹음직한 무말랭이 색을 띤다. 그래도 첫 솜씨치곤 먹을 만하다. 고추장 된장 무말랭이 뿐 아니라 김치까지, 여태껏 어머니 손맛에 기대고 살았다. 정신 차리고 보니 내가 엄마 손맛이 될 때다.

감정을 입히다

기계에도 인간의 표정을 입힌다고 한다. 자동차 전면부에 LED 디스플레이를 장착해 차가 표정을 짓고, 이를 이용해 보행자에게 감정을 표현하고 의사 전달을 하게 한다는 것이다. 기술도 상대방의 얼굴과 표정을 읽어내는 능력을 갖출 거란다. AI와 결합한 페이스테크 얼굴 인식 기술를 기반으로 다양한 산업 분야에서 활용되는 기술 혁신은 상상을 앞지른다.

얼굴과 표정은 다르다. 얼굴은 머리의 앞면이고, 얼굴 근육이 미세하게 움직여 감정을 나타내는 게 표정이다. 표정이란 감정 발현과 거의 동시에 얼굴 표면에 그려지는 움직임이다. 말이 없이 표정만으로 상대의 생각을 감지하며 의사소통 요소가 될 수 있으니, 이도 대화의 일부분이랄 수 있겠다.

사진 속 표정에는 그 사람의 내면이 고스란히 투영된다. 찰나에 포착된 얼굴에는 찍힌 순간의 감정이 스며 있다. 사진은 찍는 이와 찍히는 이가 함께 존재하는 예술이다. 프레임 밖의 촬영자는 보이지 않지만, 피사체가 바라보는 시선의 끝에는 그도 같은 시간 속에 머물러 있다. 사진을 보며 그 앞에 서 있던 누군가를 떠올리곤 한다. 누구였을까, 그는 어떤 표정을 짓고 있었을까.

임영균은 사진 산문집 『뉴욕 스토리』를 펴낸 사진작가다. 그가 뉴욕에서 미디어 아티스트 백남준을 취재차 방문했을 때 두 사람은 세 시간여 대화를 나눴다. 그런 후에 찍은 '브라운관을 뒤집어쓴 백남준'은 어느 해 뉴욕타임스 신년 섹션 표지를 장식할 정도로 호응을 얻었다. 찍고 찍히는 사람 간에 친밀감 형성 여부가 작품에 영향을 미친다는 결론이다.

그 사진을 보면 브라운관 뒤쪽에서 얼굴을 내민 백남준 눈빛이 마치 장난기 머금은 소년처럼 순수하다. 이런 사진을 두고 '사진은 제한된 프레임 속에 박제하는 것이 아니라, 그 너머의 영속성을 읽으려는 노력'이라는, 어느 갤러리가 한 해설은 사진의 성격을 제대로 설명한다. 사진은 박제된 이미지가 아니라, 그 너머를 보여주는 예술이라는 뜻으로 읽힌다.

어머니는 갓 서른 넘긴 딸을 먼 세상으로 떠나보냈다. 가슴에 파인 생채기가 아직 아물지 않았을 때 당신 회갑을 맞았다. 잔치를 대신해서 전세버스에 친지들을 태우고 부곡하와이에 갔다. 이날 찍은 사진 속 어머니는 친지들 사이에서 당장 울음을 터뜨릴 듯한 표정이다. 그 표정만으로도 어머니의 처연한 심정이 고스란히 전해진다.

그날, 돌아오는 버스에서 어머니가 마이크를 잡았다. 어머니 노래를 처음 들었다. 새카맣게 탄 속을 혼자 삭이던 어머니 심중을 새삼 헤아렸다. '잊어야지, 잊어야지, 어차피 떠난 사람'이라고 절규하던 얼굴을 차마 볼 수 없었다. 그때 어머니 표정을 보았더라면 사진처럼 뇌리에 박제되었을 것이다.

사진은 빛으로 세상을 담는 예술이다. 빛이 닿는 곳엔 반드시 그림자가 따른다. 세상 이치가 양면을 지니듯, 밝은 빛은 모든 물체에 저마다의 그림자를 떨군다. 빛과 사물이 빚어낸 합작품을 바라보며 그것이 담은 표정을 읽는다. 빛과 그림자의 경계는 때로는 선명하게, 때로는 부드럽게 흐려진다. 한쪽은 차분하고 다른 한쪽은 쨍하다. 사물에 따라 각각의 표정을 담는 그림자는 빛의 이면이기도 하다.

사물의 속성은 단순히 눈에 보이는 대로 판단할 수 있는 것이 아니다. 예를 들어, 건축물의 그림자는 해의 위치에 따라 그 모습이 달라지며, 이는 건물이 드리우는 표정이자 외관이 그려내는 속성이다. 이처럼 모든 사물은 자신만의 그림자를 통해 은근히 정체성을 드러낸다.

사람들 표정은 어떨까. 살아온 세월의 궤적을, 얼굴에 스민 삶의 결을 그 표정에서 더듬는다. 속내를 내비치지 않던 고단함과 시름을 엿본다. 온화한 미소로 또 일그러진 얼굴로 유명한 그림이 있다. '모나리자'와 '절규'다. 모나리자의 온화한 표정 앞에 서면 누구라도 아련한 미소를 덩달아 머금을 것이다. 또한, 절규하는 표정 앞에서는 그 내면을 헤아리고자 하는 마음이 일지 않을까. 요즘은 사진 속 내 표정을 마주하기가 껄끄럽다. 마음에 들지 않아 버린 사진이 한두 장이 아니다. 표정에 밴 세월의 자취가 마음을 불편하게 만든다.

아바타와 표정은 밀접하게 연관이 있다. 자신의 감정을 가상 세계에서 표현하는 주요 도구인 아바타는 표정으로 기쁨이나 슬픔과 불만을 전달한다. 게임과 현실과 가상을 연결하는 메타버스, 화상회의 플랫폼 등에서 아바타는 사용자의 표정을 실시간으로 반영한다. 점점 더 정교해지는 아바타를 잘 사용하는 일도 시대를 따라잡는 능력인가 싶다.

표정 소통이란 말도 있다. 서로가 대면할 때 표정은 소통하는데 일차적인 요소다. 표정 문맹자란 말은 또 어떤가. 그는 남의 표정을 읽지 못하거나 알아차리는 능력이 떨어지는, 아마도 상대를 진중하게 대하지 않는 성격의 사람일 것이다. 상대를 대하는 관심의 정도가 애초에 없는 사람에게 해당하는 말이겠다. 다른 건 몰라도 표정 문맹자라는 말은 듣고 싶지 않다.

사진전을 본 어느 갤러리의 말처럼, 사진은 이미지를 담은 프레임 너머의 영속성을 찾아가는 작업이다. 수필도 이와 다르지 않을 터다. 행간 사이에 숨은 진실을 읽어내고 이해하려는 마음 씀을 요구한다. 두 개체에는 다 감정이라는 표정이 공감 요소로 존재한다. 이때의 표정이란 바로 작가가 의도한 그 무엇이 아니랴. 사진이나 수필이 서로 결은 달라도 같은 본질을 더듬는 작업임이 틀림없다.

연륜이 쌓일수록 표정이 굳어간다. 몸과 정신이 생기 잃은 탓이리라. 부러 웃음 지어서라도 생기 돌게 할 일이다.

범종 소리 흐르는 저녁

산복도로 망양로

낮은 처마의 슬래브집이 다닥다닥 어깨를 맞대었다. 평지가 아닌 비탈에 자리 잡은 주거지에서 펼쳐질 삶 또한 평탄치 않을 듯한 여운을 남긴다. 한편, 비좁은 집 사이로 오히려 단란한 삶의 풍경이 엿보이는 듯도 하다.

산복도로 망양로는 산허리를 굽어 돈다. 길 어딘가에 서서 보면 저 아래로 광활하게 펼쳐진 부두와 해안과 바다가 한눈에 담긴다. 시원하게 전망 트인 이곳은 부산의 대표 산복도로이자, 이름 그대로 바다를 바라보는 길인 망양로 望洋路 다. 바다를 향하고 살아가는 삶의 모습과 고단한 삶조차 광활한 전망에 위안을 얻는 고도에 있다.

좌천동 어느 고갯마루 언저리에 고모 집이 오붓하게 자리했다. 영도 가파른 언덕길 어귀에는 외삼촌 집이 다소곳이 들앉아 있었다. 촌아이에게는 도시에 친척 집이 있다는 건 자랑거리였다. 부산 친척 집에 갔다 왔다며 친구들에게 자랑을 늘어놓곤했다. 산동네 비탈에 조그맣게 자리 잡은 친척 집에 오르내리며숨 고르던 골목길은 꿈속에서만 존재한다. 그때의 골목도 비탈진 풍경 속에 희미한 흔적으로만 남아 있다.

망양로는 서대신동 구덕사거리에서 고갯길로 접어들며 시작된다. 닭밭골마을을 끼고 산복도로로 진입하면 시내를 관망하는 하늘공원 전망대를 지난다. 대청사거리 메리놀병원에서 영주동과 보수동을 잇는 샛길이 합류하고, 초량 이바구길을 지나아리랑고개를 넘으면 범곡 사거리에 다다른다. 동대신동 보수동 대청동 영주동 초량동 수정동, 원도심 산허리를 줄곧 달려서범천동에 이르는 길이다. 범곡 사거리란 말이 좀 낯설다. 익히들은 지명은 교통부다.

망양로를 지날 때 걸음을 자주 멈춘다. 민주공원, 이바구공작소, 장기려 박사 기념관, 168계단, 유치환우체통…, 산복도로를중심 벨트 삼아 촘촘히 들어선 삶이 발목을 잡기 때문이다.

오래전, 의약 분업화가 시행되던 해에 메리놀병원 앞 어느 약국에서 전산 일을 한 적이 있다. 86번 시내버스는 항구를 조망하며 일정 구간 산복도로를 달린다. 고불고불 휘어지는 산복도로를 달리면 이국의 해안 정취 같기도 해서 여행하는 낭만을 누렸다. 창밖으로 드넓은 바다 파노라마를 감상하느라 버스 타는

범종 소리 흐르는 저녁

시간이 짧게 여겨졌다.

이 산복도로에서 보는 풍경을 담으려고 부산역에서 순환형 만디버스를 탄 적이 있다. 그 시절의 도시는 아직 여유를 품고 있었다. 산복도로에서 보는 시내는 몇 해 사이에 사뭇 달라졌다. 군데군데 솟은 고층 빌딩들이 마치 난립한 빌딩 전시장처럼 어지럽게 바다를 가린다. 저 아래로 내려다보는 도시는 고도로 발전한 딴 세상 같다. 전망은 트였으되 가슴은 답답하다. 도심 속 빌딩들은 가파른 변화에 숨 막히는 오늘날 도시의 현주소일 것이다.

한국전쟁 때 부산은 피란민을 품어준 사연 많은 도시다. 일제 강점기부터 한국전쟁과 해방과 산업화를 거치며 도시가 형성되고, 서민 삶은 산비탈로 깃들었다. 등 기댈 데 없는 유입 인구는 산비탈을 찾아들 수밖에 없었다. 이렇게 형성된 산동네를 연결하는 도로가 산복도로다. 어쨌거나 산복도로는 피란 도시 부산을 상징한다. 그곳에 아프게 밴 과거는 사라질 역사가 아니다. 잊히거나 잊을 역사도 아니다. 산 역사로 공존하며 살아갈 미래다.

산복도로에는 망양로보다 더 높은 지대로 이어지는 낡은 계단이 여럿 있다. 여전히 주민이 오르내리는 계단이다. 그 계단을 따라 깃든 보금자리마다 숨죽인 삶이 배어 있을 것이다. 가보지 않은 세상으로 들어가는 길 같은, 하늘로 향하는 이 계단

을 따라가 본다. 들마루길, 산마루길, 참마루길, 풀마루길엔 막
다른 계단까지 삶이 깃들었다.

계단은 층층이 들어선 집과 바깥세상을 잇는다. 주민들의 생
업과 보금자리가 이어지는 일상의 궤적을 따라가는 길이기도
하다. 산비탈에 촘촘히 집이 들어서고, 옥상이 도로와 연결되고
주차장으로 활용되어 이곳만의 독특한 풍경을 이룬다. 계단 경
사가 가파르다. 막다른 계단에 서면 절벽 앞에 선 듯 어지럽다.
저 아래로 바다를 품은 도시는 아무 일 없는 듯이 펼쳐졌다. 빈
틈없이 솟아오른 건물 사이로 혈관 같은 도로가 가느다랗게 흐
르는 저 혼잡한 곳이 내가 사는 현주소임이 아득하다.

계단뿐인 길로 이사는 어떻게 할까. 한 번 들어오면 나가기는
쉽지 않겠다. 그런 생각이 머릿속을 오간다. 계단을 한 발짝씩
내려오는 주민을 지켜보다 슬며시 얼굴을 돌린다. 행복을 정의
하는 데 잣대가 있을까. 시내버스는 가끔 구물구물 지나고, 맑
은 공기만큼 순박해 보이는 사람들이 오가는 그곳에서 마음을
잠시 쉰다.

산복도로는 도심과 산비탈을 가르는 경계선이다. 산허리를
따라 아래쪽과 위쪽으로 두 개의 세계로 나뉘었다. 계단을 내려
온 사람들이 하나둘 버스정류장으로 모인다. 그 모습을 고정된
화면처럼 지켜본다. 산복도로에서 무성영화 한 편을 엿보는 기
분이다. 해거름이 되면, 가파른 계단을 내려오는 사람보다 올라

가는 사람이 더 많아질 테지. 복닥대는 도심에서 하루를 산 이들은 조금은 지친 뒷모습으로 계단을 꾹꾹 밟으며 귀가할 것이다. 사람 사는 게 어디에서나 그렇듯이.

　고모 집과 외삼촌 집은 아직 산복도로 어딘가에 그대로 있을까. 재개발 붐에 휩쓸려 벌써 사라졌을까. 산복도로는 내게도 부산에도 과거이고 현재이며 미래로 이어질 길이다. 도로 역할로만 아니라 시간을 품은 길로 존재할 것을 믿는다.

집밥 생각

평생 고향에서 난 쌀로 밥해 먹는다. 아버지 생전에는 아버지가, 지금은 오빠가 쌀을 보낸다. 땅을 묵히지 않고 땅심을 지키는 오빠가 아버지의 자리를 대신하고 있다. 돌이켜보면 생을 건강하게 유지케 한 원천이 쌀이었다. 이 사실을 미처 생각지 못한 진리처럼 깨친다.

어느 즉석밥 연구원에 따르면 한 브랜드 제품만 해도 초당 열입곱 봉지가 팔릴 만큼 소비량이 상당하다고 한다. 전체를 합치면 그 수는 훨씬 더 많을지도 모른다. 집밥보다 맛있다고도 하지만, 사실 데우기만 하면 되니 밥하는 수고를 크게 덜어준다는 이점이 더 크다. 집에 이런 즉석밥이 쌓여 있어도, 쌀이 떨어지면 밥줄이 끊긴 듯한 불안이 스며든다. 그게 바로 쌀이 가진 힘이 아닌가 한다.

우리 조상에게 쌀은 곧 생명이었다. 곳간을 가득 채운 쌀은 배만 부르게 하는 양식이 아니라, 정신까지 단단하게 받쳐주는 자산이었다. 그런 쌀이 요즘은 다양한 먹거리에 밀려 설 자리를 잃어간다. 비닐하우스 단지가 논을 대신하며 들판 풍경도 예전 같지 않다. 황금빛으로 물들던 논은 면적이 줄고, 쌀농사는 뒷전으로 밀려난다. 쌀이 하우스 농사보다 경제에 도움이 덜 된다는 방증일 테다.

사십여 해 쌀이 오는 동안 별별 일이 생겼다. 택배가 없던 시절, 쌀은 화물차를 타고 왔다. 벼 한 가마니를 도정한 쌀 포대는 덩치가 컸다. 어느 날, 배달원이 쌀 포대를 들고 긴 골목 끝 막다른 집까지 오는 동안 길바닥에 질질 끌었던 모양이다. 문 앞에 도착한 쌀자루 한쪽 귀퉁이가 너덜너덜하게 해져 있었다. 혹시나 하고 밖으로 뛰쳐나가니 아니나 다를까. 대문 앞 골목길에 쌀이 개미 떼처럼 뽀얗게 줄지어 있는 게 아닌가. 길바닥에 흘린 금싸라기 같은 쌀알을 손으로 주워 담을 수도 없고, 그대로 두고 보자니 한동안 속이 쓰렸다.

농부 딸에게는 쌀이 부모와 직결된다. 부모가 농사를 짓지 않는 요즘도 다르지 않다. 쌀은 부모의 피땀이고 삶 자체다. 평생 농사꾼이던 아버지는 당신이 농사짓던 그 땅에 홀곤한 삶을 뉘셨다. 쌀을 받아먹으며 한 톨도 흘리지 않으려는 마음속에는 그런 아버지의 삶이 여전히 살아 숨쉬기 때문일 것이다.

한번은, 부쳤다는 쌀이 며칠이 지나도록 오지 않았다. 행여 분실된 건가 하고 입술이 탔다. 쌀 행방에 조바심을 내자 어머니는 쌀 한 포대 값이 얼마나 된다고, 잃은 셈 치라신다. 말이 그렇지, 그 값어치란 게 돈으로 환산할 성질이 아니지 않은가. 배송을 추적해 보니 쌀이 앞 동으로 잘못 배달됐다고 한다. 쌀은 온전하게 돌아왔지만, 지척에 두고 애태운 사건이다. 또 한 번은 보냈다는 쌀을 찾아서 화물소로 갔다. 짐 더미 속에서 포대에 적힌 아버지 글씨를 보고 찾은 적도 있다. 아버지 필체를 발견했을 때 울컥했다.

　경양식이며 분식이 흔한 요즘이지만, 그래도 한국인의 뿌리는 밥에서 시작된다. 고깃집에서 배불리 먹고도 마지막엔 꼭 밥 한 공기로 마무리하는 모습만 봐도 그렇다. 밥까지 먹어야 제대로 먹은 기분이 드는 게 우리 정서다. 비닐하우스에서 재배하는 작물이 점점 늘어나고, 즉석식품이 밥상을 차지하는 시대가 왔다지만, 쌀은 여전히 한국인의 삶을 지탱하는 힘이다. 쌀독이 비면 김치가 떨어진 데 비할 바 아니게 허한 게 사실이다.

　쌀이 바닥났던 시절이 있다. 쌀독이 비었다는 뜻은 살림이 궁하다는 다른 표현이던 때다. 어느 날, 나를 아는 이가 기별도 없이 쌀 한 포대를 들고 대문을 들어섰다. 느닷없는 상황에 놀라 고맙다는 말도 제대로 전하지 못했다. 시골 땅에서 농사지은 쌀을 나눈다는 것은 아무나 할 수 있는 일이 아니다. 그 고마움은 시간이 흘러도 쉽게 잊히지 않는다.

　수필가 김소운이 쓴 「외투」는 참된 마음을 일깨우는 글이다. 하얼빈에서 사오백 리를 더 들어간 어느 현에서 농장을 경영한다는 청마가 무슨 사정으로 한국에 왔다. 그가 별 성과 없이 영하 40도의 북만주로 돌아갈 때, 그에게 외투라도 벗어줬으면 싶은데 자신조차 걸친 외투가 없다. 작가는 뭘 줄 게 없을까 하고 호주머니를 뒤적인다. 마침 스승에게서 받은, 한국에는 하나밖에 없을 거라는 프랑스제 콩크링이 손에 잡힌다. 망설임 없이 그것을 청마에게 건넸다. 외투는 아니어도 입혀 보낸다는 간곡한 마음에서였다. 내 궁핍을 알고 쌀 포대를 들고 온 마음이 그만한 값어치였다는 생각을 한다.

　쌀을 들고 온 그이는 천생 쌀 같은 사람이다. 끼니마다 먹어도 속 불편함이 없는 쌀밥처럼, 성격이 무던하다. 이런 그에게도 다분히 흥미로운 면이 있다. 그만의 특별한 물가 계산법인데, 세상 물건값의 기준점을 쌀값에 둔다는 점이다. 이를테면 식당에서 이만 원짜리 밥을 먹은 날은 쌀 반 포대 치를 먹은 셈으로 친다. 쌀 한 포대 가격을 사만 원으로 본다면 그렇다.

　그리 계산하면 쌀 한 포대 가치는 고작 밥 몇 끼 분에 불과하다. 물가를 가늠할 때 쌀이 기준이 되는 그럴법한 생각이다. 나도 이에 적극 동조한다. 영악하지 못하고 세태 따라 휩쓸릴 줄도 모르는, 이런 사람이 많을수록 세상이 선과 기준을 유지하지 않으랴.

아이들도 고향 쌀로 지은 밥을 먹고 뼈가 굵어졌다. 할아버지가 농사지은 쌀로 지은 윤기 도는 밥을 먹고 정신과 몸이 건강하게 자랐다. 이것이 땅의 기운이고 내리사랑의 힘일 터.

즉석밥으로 한 끼 편케 먹고 싶을 때가 왜 없겠는가. 해거름에 귀가하며 저녁밥을 뭘 해 먹을까로 내면이 분란하다. 즉석밥으로 편하게 한 끼 때울 것인가. 귀찮더라도 밥을 해서 먹을 것인가. 이럴 때 대부분은 집밥으로 결론 난다. 아버지가 일생을 바친 농사임을 알기에 이처럼 집밥 생각은 집요하다. 쌀이야말로 살아온 힘이고, 살아가는 힘이다.

범종 소리 흐르는 저녁

제4부

박꽃이 피던 지붕 아래

…

박꽃이 피던 지붕 아래

　첫 삽도 뜨지 않았는데 가슴은 새벽 해처럼 벅차오른다. 위채에서 신고식부터 정성 다해 올릴 작정이다. 나의 문우와 친애하는 벗들은 마을 뒤편 감자밭에 영면하신 아버지 산소에 문안부터 드리고, 산기슭 오빠 농막으로 가는 길엔 말간 산골 정취에 취해 심신이 느긋해질 것이다. 문 앞에 걸 현판도 빚어야지. 글을 품은, 문학의 온기가 서릴 공간을 떠올리는 것만으로도 속이 따뜻해진다.

　문학의 안식처가 될 곳은 고향집 아래채다. 장차 글의 곳간이 되고, 책 향기로 채워질 공간이다. 곡식 창고로 쓰는 아래채를 오빠가 흔쾌히 내주었다. 내 소유도 아닌 데다 세파의 흔적으로 두루 손길이 필요하고, 그때가 언제일지 기약 없다. 그럼에도 종이책 냄새로 채워질 걸 상상하면 히죽이 미소가 번진다.

고향집은 전형적인 시골집이다. 사시장철 바지랑대가 떠받친 긴 빨랫줄이 마당을 가로지르고 서 있다. 아침 해를 정면으로 받는 위채와 정남향인 아래채가 다정하게 'ㄱ' 형태를 이루었다. 아래채와 장독간, 위채와 외양간이 마당을 사이에 둔 네모형 배치인데 장독대 옆으로 대문간이 나지막이 자리했다. 기와를 얹은 위채와 달리 아래채는 슬레이트 지붕이다. 섬돌에 올라 마루로 오르는 위채가 높직이 앉았다면 아래채는 마당과 처마 사이가 가깝다. 누추해도 햇살이 종일 머무는 이 아래채를 문학의 방으로 쓰기로 한 것이다.

아래채는 이엉이던 초가였다. 가을걷이가 끝난 늦가을이나 초겨울엔 연례행사로 이엉을 엮고 지붕에 이엉을 올렸다. 어릴 적, 이엉 얹는 날 아버지를 따라 사다리를 타고 오른 지붕에서 내려다보는 마당이 아득하게 높았다. 다리가 후들거렸다. 지금 보면 아래채는 처마가 손끝에 닿을 듯 가깝다.

이 초가지붕으로 박덩굴이 타고 올라 지붕은 초록색 밭이 되고, 그곳에서 하얀 박꽃이 송송 피었다. 달빛을 머금고 뽀얗게 빛나던 박꽃은 꿈속에서 본 듯 아른거린다. 함박웃음 머금은 그때 내 모습처럼 순박하고 순수한 꽃으로 기억된다. 달빛 속에서 유독 희어 파르스름하게 빛을 발하던 박꽃, 그 박꽃이 피었던 지붕 아래 내 방이 마련된다니. 어린 날 박꽃 피던 추억 속으로 성큼 들어설 수 있겠다.

범종 소리 흐르는 저녁

어른 한 걸음 폭의 마루에는 따사로운 햇살이 오후 나절까지 머문다. 위채 그늘에 가려 아래채 마루 끝에서부터 밀려난 볕은 지붕 끝에서 꼴깍 자취를 감춘다. 누런 호박덩이가 뒹굴고, 무청 시래기가 흙벽에 걸친 줄에 치렁치렁 매달려 마르던 곳. 쓰임이 없는 소쿠리와 체 같은 생활의 흔적들은 아직도 벽에 걸려 집과 운명을 같이 하고. 마루 한쪽 끝 곳간에는 냉기가 고여 싸늘하다. 나락 가마니가 아버지 가슴을 든든하게 채웠던 그곳에 고인 썰렁한 정적도 걷어 내야지.

이 아래채가 문학의 방으로 자리 잡은 건 한순간이었다. 고향 집 사진을 본 풍수 전문가는 아래채 터에 특별한 기운이 흐른다고 했다. 무심코 그 말을 오빠에게 전했더니 뜻밖의 제안을 내놓았다. '네 문학관을 만들면 되겠네.' 생각지도 못한 말에 가슴이 둥둥댔다.

흙으로 만든 집은 거주하지 않으면 삭는다. 온기를 지피지 않고 보살핌이 없으면 빠르게 쇠락의 길을 걸을 것이다. 묵혀둔 집에 공기가 통하고 온기 지피면 형제들도 좋아하지 않겠는가. 감히, 문학 거장처럼 웅장한 문학관을 꿈꾸는 게 아니다. 책꽂이에 넘쳐나는 책을 옮기고, 글방 이름을 작은 방문 앞에 문패처럼 걸면 될 것이다. 손만 닿아도 쩍 갈라질 듯 위태로운 흙바람 벽부터 손봐야지 싶다. 쌀을 보관하던 뒤주는 그 자리에 둘 작정이다. 이 뒤주만큼 어릴 적 가난을 상징하는 물건도 없을 테니.

아궁이에 불을 머금은 지 오래되어 딱딱해진 장판은 걷어 내야지. 먼지가 켜켜이 눌러앉은 마루는 쓸고 닦고, 쓰임 없어 녹슬어 가는 경운기는 알록달록하게 페인트칠하는 게 좋겠다. 색칠하는 일은 나의 손주들에게 시킬 생각이다. 마당 한쪽에 아버지가 생전에 쓰시던 농기구와 더불어 남겨두고 부모님을 추억하고 싶다.

내 아호는 서정 豫靜 이다. '펼칠, 널리 알릴 서 豫'에 '소리 없는, 고요할 정 靜' 자를 쓴다. 나서지 않고 알리지 않고도 널리 뜻을 펼치라는 뜻으로 지인이 지어 준 아호다. 문학방에 걸 이름을 떠올려 본다. 책숲 책향기 문학방 글숲 서실 책다락 글빛…. 아호도 붙여 입에 담아 본다. 글빛서정, 서정의 책다락 또 글빛정원, 바람책방. 당호도 멋스럽겠다. 문향당 文香堂, 수향재 守香齋 는 어떨까.

박꽃 피던 지붕 아래 아늑한 공간에는 작은 책상과 나무의자도 몇 개 놓을 것이다. 방이 정돈되어 가는 동안, 마음 맞는 문우도 초대할 생각이다. 일거리 잠시 제쳐두고 소박하게 밥 지어서 먹고, 달콤쌉쌀한 믹스커피를 마시며 해맑은 눈빛을 마주하리라. 하룻밤은 이야기꽃을 피우리라. 창문이 희붐하니 날이 새면 아침 이슬 밟으며 산책해야지. 마을 앞 개울 건너 과수원을 따라 걷다가, 저만치 동구 밖에서 어머닐 기다리며 놀았노라고, 동심 속 얘기도 담담하게 털어놓으리라.

하릴없이 무료하면 하루에 세 번 들어오는 시골 버스를 타고 읍내로 나가는 거다. 노선 따라 산골 몇 마을을 돌아 읍내로 가는 길에 도처에서 옛 추억도 만나리라. 나간 김에 시골 추어탕이나 소고기국밥을 사서 먹고, 시장에 들러 시골 냄새에 한껏 젖어도 보리라.

작은 방 한쪽 벽에는 작은 족자를 걸면 좋겠다. '글로 피우는 빛, 서정이 머물다'와 같은. 글이 빚어낸 빛과 서정이 어우러지는 공간을 꿈꾸는 것만으로도 설렘에 감싸인다. 다만, 이 모든 건 아직 실현되지 않은 꿈일 따름이다. 이루어지지 않을 상상으로 그칠지도 모르는 일이다. 간절함이 지극하면 불쑥 그 꿈의 첫 삽을 뜨게 될지 아는가. 아직 오지 않은 그날이 벌써부터 마음속에 그립다.

나의 시간

난해하다. 아무리 봐도 판독 불가다. 그림이었다면 추상화려니 여겼을 것이다. 붉은 벽돌색이 주조인 엽서만 한 직사각형 사진이 대형 정사각형 액자를 빼곡히 채웠다.

더 가까이서 보니 이불이 보인다. 베개도 있다. 보통의 온돌방 잠자리다. 액자를 채운 조그만 사진마다 이불과 베개 위치만 알아채지 못할 정도로 바뀌었다. 담갈색 이불이 한 채, 눌린 형태로 보아 메밀을 넣었을 것으로 짐작되는 베개가 둘, 그것을 전기 스위치가 달린 주홍색 누비 요가 받치고 있다. 색상도 의도한 것일까. 부러 마름모 형태로 찍었을까. 빨간 요는 전체 구도에서 안정감과 색감을 주도한다. 이들 작은 사진이 모여 하나의 큰 도안으로 보이게 하는 착시를 일으킨다.

어느 사진작가가 백 일 동안 촬영한 아침 기상 풍경이다. 카메라를 한 곳에 고정 배치해 놓고 아침에 일어나자마자 셔터를 눌렀나 보다. 가로 세로 열 장씩 백 장이다. 사진 백 장이 각각 다르니 백 일간은 찍었겠다. 백 일을 버틴 인내심이 보이고, 평범함을 작품화한 발상이 보인다. 아무것도 아닌 것을, 스쳐 지날 그 무엇을 포착해 무엇이 되게 했다. 썩 특별할 것이 없음에도 실체가 선명한 다른 어떤 사진보다 특별나다. '나의 시간'이란 주제를 내건 사진 전시회에서 단연 독보적이다. 주제에 가장 근접한 작품이다.

사진 속 작은 변화에서 주인의 시간을 읽는다. 읽힌다. 들여다보게 된다. 이불속에 남았을 온기도 전해지는 듯하다. 이런 시도가 짧은 글 한 편이 전하는 메시지보다 강렬하다. 일상을 포착한 감각의 촉수가 이만큼 예리하다는 것은 그만큼 머리를 공굴렸다는 뜻. 그러기까지 나의 시간을 찾아 얼마나 주변을 두리번거렸을까. 무료하고 큰 변화가 없는 작업이라 자칫 중도에 포기하고 싶지는 않았을까.

무언가를 목표에 두었을 때 이 정도 끈기는 가져야지 싶다. 날마다 반복되는 보통의 일상이 사진에 생명을 부여한 결과다.

나의 무딘 감성을 반성한다. 과연 한 주제에 이만큼 집착하고 천착했는지. 그 본질을 찾고자 아니면 나만의 눈으로 해석하려는 고심은 얼마나 했는지를. 예술은 일상에서 멀리 떨어진 다른 공간에 있는 게 아니었다. 아름다움은 익숙한 것에 있으며, 이런 아름다움은 그걸 발견하는 번득이는 정신에서 기인하는 것이었다.

백 일이 아니라 열흘이면 어떠하랴. 꼭 글을 쓸 목적이 아니라도 상관없다. 사진에서 자극받아 지극히 평범한 뭔가를 시도해 보기로 결심한다. 우선 아침 식단부터 시작해 본다. 1일째 바나나주스, 빵, 견과⋯. 2일째 우유, 떡, 사과⋯. 3일째⋯. 아침 식사를 간편하게 해결할 때라 딱히 변화가 없다. 기록한 지 며칠 만에 시들해진다. 다음은 그날 읽은 글로 이어가 보자고 계획한다. 이는 더 빨리 한계에 부닥친다. 아예 읽지 않거나 찔끔찔끔 읽고 덮을 때가 많기 때문이다. 소설이면 읽은 페이지를 적어야 하니 이도 마땅치 않다는 결론이다.

다음은, 아침 날씨로 이어진다. 구름 낌, 구름 끼어 찌뿌드드함, 화창함, 희끄무레함, 비가 올 듯함, 구름 짙게 끼어 잔뜩 흐림, 소나기 퍼부음⋯, 흐림 일색이다. 이도 싫증이 난다. 부러 창문을 열어 하늘을 보는 일도 번거롭다. 날마다 다른 표정의 하늘에 걸맞은 적확한 어휘를 찾아내기란 쉽잖다. 날씨를 표현하는 말이 이렇게 협소할 줄이야. 내 언어 수준이 드러난다.

결국, 이도 저도 열흘을 잇지 못하고 포기한다. 억지로 일기 숙제를 하는 것처럼 재미가 없다. 무슨 일이든 스스로가 좋아서 해야 만족스러운 결과물도 나올 것인즉. 백일 간 잠자리를 기록하다니. 나는 그 반의 반도 따라가지 못한다.

하긴 진득하게 적은 기록이 아예 없진 않다. 탁상달력 칸에 흔적이 남아 있다. 정초부터 쭉 공란이던 날짜 칸이 어느 달에서부터 글자로 메워졌다. 5개월여 어떤 일에 집중한 결과다. 환희, 고통, 영광, 환희, 고통, 영광…, 단어 배열이 일정하다. 일련의 숫자도 적혀 있다. 가톨릭 기도인 9일 기도를 한 표시다. 나일론 신자이지만 간절한 소망이 있을 때나, 닥친 큰일 앞에 기도 말고는 할 일 없어 무력할 때 묵주를 든다. 청원기도 27일, 감사기도 27일로 하나의 지향을 둔 기도를 끝내는 데 54일이 걸린다. 두 번의 지향을 두었으니 108일을 소요한 셈이다.

날씨가 슬슬 더워지기 시작할 무렵, 기록은 멈췄다. 이후 날짜 칸은 텅 비어 있다. 빈 날들은 도대체 무엇으로 채워졌던가. 그나마 남아 있는 기록 덕분에 흘려보낸 시간의 결이 아쉬움으로 다가온다. 아무것도 적지 않은 날들도 무의미하진 않았을 것이다. 기록이란 그런 하루하루를 반추하게 한다.

공간의 기록은 행위가 전제되어야 하는 일이고, 의식한 행동이 따라줘야 하는 작업이었을 것이다. 그 무엇보다 계획을 실천할 마음가짐이 작품의 근간이 되지 않았겠나 싶다. 자칫 무심히 흘려보낼 일상을 작품화한 작가에게 찬사를 보낸다. 모두의 시간이 아닌 자신의 시간을 포착한 모범 예시가 감동을 주는 수필 한 편을 읽은 것 이상으로 감동을 준다. 작가가 의도하고 인내심으로 이룬 작품 앞에 오래 서 있다.

아름다운 것들은 멀리 있지 않았다. 익숙한 날들 속에서 빛나는 무언가를 발견한 느낌이다. 소소한 하루하루가 쌓여 나만의 이야기를 만들어 간다는 걸. 백일이라는 시간이 던진 여운이 길다. 나의 시간은 어디에서 찾아볼까. 삶을 기록하는 일이 곧 나를 돌보는 일임을 조금 알겠다.

범종 소리 흐르는 저녁

폐허를 지키는 파르테논

1월인데도 아크로폴리스는 따스하다. 걸음을 재촉해 파르테논신전 앞에 선다. 여행 일정에 파르테논이 건재한 아크로폴리스와 암석 위 수도원 메테오라가 없었더라면 마음이 동하지 않았을 것이다. 얼마나 마주하고 싶던 파르테논이며 아크로폴리스였는지. 발길보다 마음이 앞서 이끌어 당도한 곳에서 크게 숨을 들이켠다.

곤혹스럽게도 여행을 시작할 즈음에 몸 상태가 좋지 않았다. 아이를 돌보느라 심신이 지친 상태였다. 인천에서 이스탄불까지 가는 11시간 25분여 비행 동안 온몸은 뜨겁게 쑤셨다. 불 꺼진 비행기 삼인 좌석 중간에서 몸부림쳤다. 약을 먹었지만 활화산처럼 치솟은 몸살 기운으로 지옥인가 싶은 시간을 견뎌야 했다. 아파본 사람은 알 것이다. 아플 때는 위로와 인사치레조차 겉돌아 차라리 짐 하나라도 들어주는 편이 도움 된다는 것을. 겪는 당사자만 군중 속에서 섬이 된다는 사실을.

열흘간의 여행을 준비하며 장 그르니에 산문 선집『섬』을 챙겼다. 두껍지 않고 읽으려던 책이라 일찌감치 여행 가방에 담아 두었다. 때맞춰 들이닥친 몸살로 책 제목처럼 섬에 갇혔던 여행. 거머리처럼 들러붙은 기침 때문에 눈치 속에서 보낸 여행이었다.

꿈꾸던 아크로폴리스에서 몸살쯤은 아무것도 아니었다. 이 언덕에서 언제 또 아테네 공기를 들이마시겠는가. 심신이 처지더라도 찬찬히 여행다운 여행을 하겠다는 생각만 간절할 뿐. 여행지에서는 아파도 아플 새가 없다. 아플 수도 없다. 일정에 맞춰 다니자면 약을 먹어야 하고, 약을 먹으려면 입에 맞지 않은 음식도 꾸역꾸역 삼켜야 한다. 이럴 때 여행은 고난의 행군이 될 수밖에 없다. 그럼에도 불구하고 아주 깊은 기억으로 남는 그런.

그리스 출생 뉴에이지 연주자 야니 Yanni 의 아크로폴리스공연은 꽤 유명하다. 아크로폴리스공연 실황을 음반으로 본 후 야니의 찐팬이 되었다. 그가 현대백화점 40주년 기념콘서트로 서울에 올 때도 한달음에 달려갔다. 아테네에 와서 언덕을 지키는 신전보다도 헤로데스 아티쿠스음악당부터 찾은 이유다. 더구나 이곳에는 유네스코 세계유산 제1호 파르테논신전이라는 걸작도 있다. 이런 신전을 대대로 대면해 온 국민이 신을 대하는 자세는 어떠할까. 유전자부터 다를 것 같다. 이곳 원형음악당에서 공연한 야니도 그런 의미를 부여하지 않았을까.

여행을 정의하라면 '그곳에 있는 것'이라고 말하곤 한다. 나는 지금 그곳 파르테논신전 앞에 있다. 이스탄불에서 아테네까지 비행한 두 시간을 합해 열세 시간여 공간을 건너온 시간이 값지다. 몸살로 파리했던 세포가 모조리 깨어나는 느낌이랄까. 파르테논과 에레크테이온신전이 있는 아크로폴리스는 폐허나 다름없는 흔한 언덕이다. 돌무더기 널브러진 아테네 언덕에 서서 숨쉬고 있음을 실감하려고 정신을 차린다.

사진이고 뭐고 그만두고 유럽 여행자처럼 너른 바위에 앉았다. 세계 사람들이 이 언덕으로 모여들고 그들은 느리게 움직인다. 그들은, 그리고 우리는 무엇을 보러 여기까지 왔을까. 대기에 감도는 옛것의 냄새와 유적에 담긴 케케묵은 기운, 그 속에서 여행자는 무엇을 생각할까. 그런 여행자를 구경하는 것도 여행하는 즐거움이고 여행 그림을 채우는 일부분이다.

언덕 바로 아래쪽으로는 디오니소스극장이 보이고, 저 아래 아테네 시가지에 책에서 보던 낯익은 제우스신전 기둥이 우뚝 솟아있다. 눈에 드는 것마다 역사책 한 페이지다. 도처에 신들을 모신 흔적이 남아 있는 아테네는 통째로 유적이다.

이천 년이 되지 않으면 돌멩이로도 치지 않는다는 이곳. 뼈대만 남은 파르테논신전 배흘림기둥을 한번 만져보고 싶었다. 기둥에 스민 아득한 시간을 손끝으로 느끼고 싶었으나 접근할 수조차 없다. 울타리를 쳐놓은 파르테논은 복원공사 중이다. 한국도 이곳도 유적 복원은 공통의 작업인 듯하다.

신전에서 교회로, 다시 사원으로, 급기야 터키인의 화약고로 사용되었던 파르테논신전. 내 조상의 조상, 그 조상의 조상, 그 윗대 조상을 만난 기분이 이럴까. 파란의 역사를 겪은 위대한 신전이 여행객을 바라보는 시선은 어떨까. 묵은 것이 풍기는 느낌은 묵직하고 편안하다. 이천 년 세월을 견딘 것이 건네는 위로는 말보다 깊다.

신전 기둥에 서쪽으로 기우는 태양볕이 스며들 듯 닿자 따뜻한 황금색으로 변한 폐허는 걸작이다. 이 걸작을 뇌리에 담아두려고 오래오래 바라보고 섰다. 기원전 5세기에 아테나 여신을 기리고자 건축했다니 2,500년 전 흔적이다.

언덕을 내려오다 디오니소스극장 대리석 좌석에 앉았다. 고대연극이 열렸던 바로 그 자리, 아직도 선명한 'OYP OTPO'라는 어느 귀족 이름이 새겨진 지정석이다. 또박또박 새긴 저 이니셜 주인은 누구였을까. 고대의 그가 앉았던 자리에 허락도 없이 앉으니 스치는 바람 한 올도 예사롭지 않다. 헤로데스 아티쿠스 음악당에서 야니를 기억하며, 파르테논신전이 황금색 기둥으로 변하는 걸 보며, 디오니소스극장 지정석에 앉아서, 그곳

범종 소리 흐르는 저녁

에 있음으로 충분히 행복했다.

『섬』은 말한다. 사람은 자기 자신을 찾기 위해 여행하며 그때 여행은 하나의 수단이 된다고. 또 살아가며 통과해야 하는 엄청난 고독 속에는 어떤 각별한 장소와 순간이 있다고. 아크로폴리스도 내 고독과 함께한 각별한 장소로 기억될 것이다. 아테네시를 건너오던 바람 냄새를 맡고, 신전 앞을 서성이며 천년의 기적을 느끼고, 가장 아까운 시간을 보냈다. 시간에 제약이 없었더라면 그곳에서 두어 시간쯤 머물며 시내를 굽어보다가, 신전 주변을 돌다가, 돌에 앉았다가, 여행객을 구경하다가 했을 것이다.

아크로폴리스의 고대 유적 앞에서, 존재하는 것만으로도 큰 의미를 가진 듯 충만한 시간을 보냈다. 여행의 목적은 어떤 곳에 도달하는 게 아니라, 그 과정 속에서 일어나는 자신과의 만남에 있지 않을까.

돌아와 열흘쯤은 더 끌었던 여행 후유증도 추억으로 들어앉았다. 밥때마다 먹던 몸살약, 옷이 젖도록 흘린 식은땀과 입에 맞지 않은 음식, 날마다 짐 싸던 일, 달고 산 기침까지도 다 지난 일이 되었다. 고통스러운 여행일지라도 여행한 기억은 고통스럽지 않다. 지나고 나면 다 미소 머금게 하는 이야깃거리로 남을 뿐. 그러므로 혼자만의 섬이 되었더라도 여행은 할 만했다. 내 고단함을 감싼 건, 파르테논의 찬란한 폐허에서 마주한 오랜 침묵이었다.

긴 휴식에 들다

거기엔 한 생이 깊이 배어 있다. 이제 더 이상 쓰이지 않아 쓸모를 잃었지만, 시간은 세월이 흘렀다 한들 머금은 시간은 지워지지 않는다. 안방 한켠에서 묵묵히 생을 함께해 온 그것을 마주할 때면 어머니의 숨결이 느껴진다.

어머니가 갓난 나를 업고 이십 리를 걸어 읍내에서 사 온, 재산 1호 재봉틀. 몇 마지기 농사로 일곱 식구의 생계를 이어가던 시절, 그 재봉틀은 팍팍한 살림에 숨통을 틔워 주었다. 어머니가 노쇠해 자리에 눕고 난 뒤에야, 비로소 그도 오랜 노동에서 벗어나 긴 휴식에 들었다.

재봉틀을 소망한 대로 집에 들이기까지 얼마나 악착같이 푼돈을 모으셨을까. 손끝이 트도록 일하며 한 푼 두 푼을 아끼고 또 아꼈을 것이다. 마침내 천금 같은 재봉틀을 아버지 지게에 신고 오던 날, 어머니는 세상을 다 얻은 사람처럼 가슴이 벅차더라고 했다. 자식 굶기지 않고 삶을 일구겠다는 의지가 그 발걸음을 떠밀었으리라.

어머니에게 재봉틀은 생계를 위한 궁여지책이자, 가족을 지키려는 간절함이 담긴 희망이었다. 그렇다고 처음부터 바느질에 익숙하지는 않았을 것이다. 어린 기억 속 어머니는 농사일하는 틈틈이 재봉틀을 돌렸다. 마을 사람들이 맡긴 일감을 다루는 손길은 직업처럼 능숙했다. 재봉틀 앞에 앉은 어머니의 단아한 모습은 부엌에서 밥을 짓는 장면만큼이나 낯익다.

실밥을 뜯어낸 어머니 입술에는 하얀 실이 묻어있곤 했다. 옆에서 바늘에 실 꿰는 일을 종종 거들었다. 어머니가 미간을 찌푸리며 바늘에 실을 꿰려 애쓰던 모습이 눈에 삼삼하다. 밝은 눈으로 바늘귀에 실을 단숨에 꿰면, 발판을 밟으며 두 손으로 천을 밀어내는 모습이 숙련된 기술자 같았다.

이 재봉틀이 일을 멈춘 지 오래다. 어머니 손때묻은 재봉틀이 다시 삶의 리듬을 찾을 날이 있을까. 새 주인이라도 만나면 좋겠다. 쓰지 않으면 녹이 슬 터, 궁핍했던 시절의 삯바느질이 아닌 홈패션용으로 얼마든지 다시 재단할 수 있으리. 지금은 우리 가족과 어머니의 생을 머금은 채 쉬고 있지만, 누군가의 손에 이어져 녹스는 일 없었으면 한다.

어머니 시력은 젊을 때부터 좋지 않았던 것 같다. 도수 맞지 않은 안경을 썼으니 눈이 피로했을 것이다. 나도 백내장 수술을 하고 눈이 편치 않기에 어머니가 겪은 불편은 짐작하고도 남는다.

삯바느질은 내가 고등학교에 다닐 때까지도 이어졌다. 그 무렵 어머니는 제법 재봉사처럼 능숙한 손놀림으로 맡긴 일을 척척 해내셨다. 농촌에서는 늘 돈이 궁했다. 채소를 뽑아 장에 내다 팔거나, 쌀을 덜어 팔아야 겨우 돈푼이 손에 들어왔다. 옷을 수선하고 받은 푼돈은 아침 등굣길, 손을 내미는 자식들 손바닥으로 건너갔다. 두 아이를 키울 때 아침마다 지갑을 열며 문득 어머니가 떠올랐다. 현금 한 푼이 귀하던 농촌 살림으로 다섯 자식의 머리를 틔워주신 부모님의 은혜에 가슴이 저려 왔다.

요즘은 돋보기 없이는 바늘에 실을 꿸 수가 없다. 실 꿰는 일을 맡기던 어머니 연배를 훌쩍 지나 버렸다. 시간은 마치 이제나저제나 하고 문턱 너머에서 기다린 것처럼, 나를 그때 어머니 자리로 이동시켜 놓았다. 쓰지 않아 묵혀둔 재봉틀처럼, 뻑적지근한 뼈마디와 관절을 천천히 추스르며 세월을 실감한다.

재봉틀 옆에는 베틀이 자리했다. 베틀과 재봉틀은 어머니와 아버지에게 가보이자 재산이었다. 베 짜는 어머니 곁에서 잠들었다가, 베틀 북이 이마에 떨어져 놀라 깬 적도 여러 번이다. 밤잠 설친 졸음 속에 어머니는 손에서 북을 놓쳤을 것이다. 유년의 시간을 함께한 베틀과 가마니틀은 언제 사라졌을까. 장작으

범종 소리 흐르는 저녁

로 아궁이에서 타버렸을까. 진저리나는 가난을 더는 기억하고 싶지 않았을지도 모른다. 하지만 그 사라진 물건들에 밴 부모님의 온기와 땀은 지워지지 않는다.

재봉틀이 일을 내려놓고 쉬듯이, 그 주인이었던 어머니는 이제 자신 몸조차 가누지 못한다. 종일 누군가의 보살핌이 필요하다. 당신 사랑을 자양분으로 먹고 자란 자식들은 제 자식들 건사하기에도 빠듯하다. 남은 기운이라곤 자식들에게 다 쏟아붓고, 거죽만 남은 육신으로 생의 마지막을 보낼 곳으로 입주했다. 박음질이 일상이던 재봉틀도 긴 휴식에 들었지만, 어머니의 시간은 덧없이 흐르고 있다.

어머니의 삶을 가장 선명하게 떠올리게 하는 물건, 숱한 가족사를 품은 기억을 잇는 존재. 재봉틀이란 말만 들어도 어머니가 바느질하던 모습이 아련히 떠오른다. 저녁답이면 눈이 침침하다. 반짇고리를 들고 앉을 때 으레 돋보기를 챙긴다.

헤어져야 사는 남자

눈동자에 옅은 물빛이 스친다. 감정을 꾹 눌러 삼킨 듯, 표정이 단단하게 굳어 있다. 며칠 걸러 반복되는 만남과 헤어짐을 겪는 심적 고단함이 전해진다. 그것이 그의 일상이겠지만, 익숙하다고 해서 이별의 무게까지 가벼워지는 것은 아닐 테다.

그는 가이드다. 고객을 맞이하고 일정 하나하나를 조율하며 여행길을 이끄는 감정 노동자다. 설렘 가득한 이들을 맞이할 때마다 그의 역할은 더없이 중요해진다. 고객과의 원활한 소통은 여행 전체 분위기를 좌우한다. 긴장의 끈을 놓을 수 없고, 때로는 감정을 억누르며 익숙해지는 수밖에 없다. 그것이 이 일을 지속하는 방법일 테니까.

여행 안내원은 고객과 밀접한 관계에 놓인다. 투어를 진행하고 고객과 오랜 시간 접촉한다. 사이의 데면데면함이 줄고 친밀

범종 소리 흐르는 저녁

감이 형성될 즈음이면 헤어지는 시간이 닥친다. 짧은 만남과 헤어짐을 연속으로 겪는 직업이다. 여기에 생각이 미치자 금방 울음 쏟을 듯 눈이 그렁그렁한 그를 다시 보게 된다. 그에게는 '정들자 이별'하는 게 직업의 속성인 셈이다. 수많은 여행을 거듭하며 감정은 무뎌질지라도, 스쳐 간 여행자들과의 순간과 그리움만큼은 어쩌지 못할 테다.

여행길에서 만난 길잡이 중에 마음에 특별히 남는 사람은 없다. 스쳐 지나쳐도 알아볼 사람이 없을 것이다. 어차피 며칠 함께 머물고는 떠날 사이라 서로를 깊이 알 여유가 없다는 게 맞다. 공항에서 등 돌리는 순간 머릿속에서 아스라이 잊히는 건 가이드인 그들도 마찬가지다. 고객과의 인연은 애초에 한때의 스침일 뿐, 굳이 기억 속에 가두지 않는다. 흘러가는 바람처럼 서로를 흘려보내는 게 그들에게도 자연스러운 일이리라.

그들에게는 원만한 대인관계가 무엇보다 중요하다. 성격이 능글맞고 두루뭉술해야 사람 상대하면서 받는 스트레스도 덜하지 않겠는가. 고객과 처음 대면할 때 그의 소개를 들어보면, 몸담은 사연도 생활 양상만큼이나 다양하다. 사람을 만나는 게 흥미로워서, 다른 문화를 접하는 게 매력적이라서, 능통한 외국어를 활용하고 싶어서, 프리랜서로 일하는 환경과 여행을 기획할 수 있어서, 적성에 잘 맞아서 등. 그러나 뭐니 해도 돈을 버는 게 첫 번째 이유가 아닐까.

정서 그래프 감정선의 고저 격차도 클 것 같다. 미지의 사람을 만나다 보니 설렘에 더해 일말의 두려움도 있을 것이며, 시간을 오래 함께할수록 친밀감이 형성되나, 짧은 인연이 종결되는 쓸쓸함과 후련함을 짧은 시일에 받아들여야 하니까. 이런 여러 감정을 단시일에 맞닥뜨리는 가이드를 새삼 관심권으로 들여놓고 보게 된다.

여행을 안내하는 일은 결코 녹록지 않다. 언어만 잘한다고 되는 것도 아니다. 그 지역의 역사와 문화를 깊이 이해하고 끊임없이 배워야, 수준 높은 고객의 기대에 부응할 수 있다. 그래도 자신의 능력을 십분 발휘하며 여행을 곁들일 수 있는 일이니 한번쯤 도전해 볼 만한 직업임에는 틀림없다. 결국 이 일을 오래 지속할 수 있는지는 대면 관계에서 오는 스트레스를 얼마나 잘 다스리느냐, 그리고 자기 내면의 만족감과 건강을 어떻게 유지하느냐에 달려 있는 듯하다.

중국 청도에서 만난 가이드는 염치없지 않았다. 쇼핑센터에서 물건을 사지 않아 미안하다며 일행이 건넨 팁도 받지 않았다. 자존심에서였는지 이웃 누나로 여겨서인지. 그런 가이드는 처음 본다며 일행끼리 말했다. 더위가 한풀 꺾일 즈음, 보상받듯 간 짧은 여행이다. 청도공항에서 만난 그의 첫인상이 투박했다. 여행사 피켓을 든 남자는 구릿빛 얼굴에 이발소에서 커트한 스타일의 짧은 머리, 작은 키에 회색 잠바를 입고 있었다. 중국인 DNA가 섞인 교포인가 원주민인가 아리송했다.

그에게 썩 기대하지 않았다. 말투가 어눌하고 말에 두서가 없어서 귀에 스며들지 않았다. 듣기를 포기하자고 맘먹으니 편했다. 한데 이상하게도 시간이 지날수록 그의 진정성과 역사 지식에 귀가 열리는 거다. 특히, '재미교포 혹은 재일교포라는 말은 하면서 왜 재중교포라는 말은 하지 않는가?'라는 말에 귀가 번쩍 뜨였다. 여행객이 자신들을 통칭해서 조선족이라 불리는 데 대한 원망으로 들렸다. 나부터 그리 호칭하지 않았던가 하고 양심이 걸렸다.

조선족은 중국 소수민족 일부로서의 한 민족을 칭한다. 이 개념은 중국 호적 조례가 반포되면서 중국에 거주 중인 조선인을 중국 소수민족으로 등록하며 시작됐다. '조선족은 중화인민공화국 정부가 공인한 한족 외 55개 소수민족 중 1족으로, 한민족 가운데 중국으로 이주하여 중화인민공화국의 국적을 갖고 있는 사람을 중국 인민 정부가 자국 소수민족으로 분류해 지정한 명칭이다. 출처: 나무위키'라고 설명한다. 가이드가 불만을 제기한 '조선족' 호칭은 중국 내 여러 소수민족 중 하나로 분류한 용어에서 비롯된 것이었다.

조선족이 아닌 대상에게 이 용어로 통칭하는 데엔 매스컴 영향도 없지 않아 보인다. 어쨌건 소수민족에 속하지 않은 청도 가이드의 경우, 중국에서 사는 한국 사람이었다.

낯선 나라에 입국해서 처음 만나는 사람이 현지 가이드다. 여행 가방을 끌고 잔뜩 상기되어 고객과 안내자로 처음 만난다. 조선족이든 아니든, 한시적으로 스치는 만남이라고 하더라도 그간 직업인으로만 대한 걸 부인하진 않겠다. 그게 무정한 행동이었던가를 생각게 된다.

철이 바뀌면 다시 오마고 한 그와의 약속이 지켜질까. 그가 무심히 내뿜던 무심초 연기처럼, 떠도는 방랑객 같은 그를 다시 만날 수 있을까. 그런 그도, 우리를 바라보던 눈빛으로 또 다른 여행객을 맞이하겠지.

스치는 인연마다 모두 간직할 수는 없는 법. 그렇게 삶의 법칙처럼 만남 뒤에 이별이 따른다 해도 그는 누구보다도 부자일 것이다. 그 많은 인연과 연결되는 복을 누리고 있으니. 누나라고 부르던 그의 순한 눈망울이 눈에 밟힌다.

묵주

특별한 외출을 할 때 챙기는 물건이 있다. '특별한 외출'이라 함은 익숙한 일상을 벗어나 미지의 경계로 발을 내디딜 때를 뜻한다. 타지로 문학기행을 갈 때나, 비행기를 타고 하늘길을 날 때, 혹은 긴 여정으로 집을 나설 때다.

이때 가방에 필히 챙기는 게 묵주다. 손목에 감아 차는 팔찌형 묵주나 손바닥에 쏙 들어오는 작은 묵주다. 그것을 가방에 넣고 나서면 수호천사를 곁에 둔 듯 마음이 평온해진다.

오랜만의 연휴에 어머니를 뵈러 가는 길이다. 가방에 넣을 물품을 챙기며 묵주도 빠뜨리지 않는다. 기도를 위한 도구라기보다 마음을 지켜주는 부적에 가깝다. 손안에 감싸 쥐지 않아도, 기도를 속삭이지 않아도 곁에 두는 것만으로도 마음이 안정을 찾는다. 그런 이유에서 묵주를 침대 등받이에 걸어두고, 가방 안에 넣어 다닌다. 보이지 않는 울타리처럼 보호받는 느낌이다.

묵주를 챙기는 데는 나름의 연유가 있다. 오래전에 가족 교통 사고를 겪었다. 이후 내면에 자리 잡은 두려움은 오랫동안 그림 자처럼 따라다녔다. 사고에 대한 신경증 비슷한 후유증으로 한 동안 외출마저 삼갔다. 시간이 흘러 희석되긴 했지만, 마음 근 저엔 불안이 잠재해 있다.

그로부터 두 해쯤 지났을 때쯤, 친구들이 설악산으로 바람을 쐬러 가자고 했다. 부산에서 강원도 인제까지, 대여섯 시간이 걸리는 먼 길이었다. 친구가 운전대를 잡은 차에 몸을 맡겼지 만, 마음마저 믿고 맡기지는 못했다. 고속도로를 달릴 때 모든 차가 달리는 무기처럼 보였다. 손잡이를 꽉 잡고 마음 조였던 시간은 너무나 길었다. 외출하는 길에 묵주를 챙기기 시작한 게 그즈음부터가 아니었나 싶다.

고향길에 동행한 묵주는 특별한 곳에서 온 것이다. 이탈리아 장엄한 두오모 성당에서 온 묵주다. 축성 받은 이 묵주에는 성 령의 숨결이 담겼다. 그걸 인지할 때 느껴지는 묵직한 믿음은 무한한 신뢰를 준다. 검정, 노랑, 주황색 천연 원석으로 만들어 마치 시간이 만든 퇴적암처럼 보인다. 각기 다른 색의 조각이 층층이 쌓였다. 삶의 결을 닮은 빛깔이랄까. 시련과 희망과 생 기를 상징하는 듯하다. 원석의 결이 손에 닿을 때 거기에 깃든

범종 소리 흐르는 저녁

시간을 어루만지는 기분이 든다. 고향
가는 여정에 이 묵주를 동행한 건
안위를 바라는 의식과도 같다.

　서울 사는 동생 내외도 날짜 맞춰
고향에 내려왔다. 대문을 들어서니 평
상에 앉아 기다리던 어머니가 환하게 반
기신다. 거동이 불편한 중에도 딸이 올 거라고 버선발로 마중
나와 계신 터다. 일손들이 올 걸 알고 미리 주문했다는 고추 모
종과 고구마 모종도 마침 배달이 왔다. 일손이 모인 김에 당장
고추 모종을 옮겨심기로 한다. 뙤약볕을 가릴 모자며 장갑까지,
장비는 철저하게 챙긴다. 오빠는 트럭에 실은 큰 물통에다 호
스로 물부터 채운다. 옮겨 심을 고추 모종이 500포기다. 모종은
화분에서 한 뼘이나 자라 자리가 비좁다. 얼른 널찍한 땅으로
옮겨심어야 뿌리를 쭉 뻗겠다.

　일거리를 각자 정한다. 먼저 모종하는 도구로 적당한 간격으
로 땅에 홈을 판다. 뒤따르며 모종을 홈에 하나씩 놓는다. 따라
가며 모종 주변 흙을 돋우는데 그렇게 심는 데까지는 별 무리가
없다. 문제는 모종을 심은 자리마다 물을 줘야 하는 일이다. 물
통에서 물뿌리개에 물을 받아서 포기마다 흠뻑 뿌려줘야 한다.
가뭄이 심해 반나절이면 모종이 말라 죽을 만큼 땅이 메마르다.
소나기라도 한줄기 내렸으면 싶은데 하늘은 무정하게도 불볕만

쏟아붓는다.

밭고랑을 넘나들며 물을 주다 보니 앓는 소리가 새어 나온다. 만약 거들지 않았다면, 이 일은 오빠가 홀로 감당해야 했을 터. 돕겠다는 마음으로 쉬지 않고 움직였지만 몸은 벌써 뻐근하고 나른하다. 다들 지친 기색이 역력하다. 부모님은 이 땅을 평생 일구며 사셨으니 한나절 땀 흘린 경험으로 그 고단한 세월을 헤아릴 수 없다.

온몸이 뻑적지근하다. 모심기라도 한 것처럼 뼛속 깊이 피로가 스민다. 종일 일했더라면 자리보전하고 드러누웠을지도 모른다. 오래전에 어머니가 한 말씀이 귓가를 울린다. '와서 농사짓고 살라면 살겠나.'

그날은 감자 캐던 한여름이었다. 못 하겠노라고 즉답했는데 지금도 농사일이란 게 힘들기는 매한가지다. 농사꾼의 자식으로 태어났어도 농사짓고 살겠다는 말은 입에 담기조차 어렵다.

은밀히 동행했던 묵주도 제자리로 돌아왔다. 흙냄새 머금고 머리맡을 지킨다.

달이 흐르네

달이 흐르네

가끔 하늘을 본다. 길을 가다가도 문득 생각난 듯 고개를 들어 하늘을 올려다본다. 건널목에서 교통신호를 기다릴 때, 길가에서 누군가를 기다릴 때 일부러 하늘을 본다. 평생 하늘을 이고 살았지만, 하늘을 특별하게 여긴 적이 얼마나 있었을까. 뒷산 운동기구에 누워서 올려다보는 하늘은 전부 다 내 것인 양 가득 쏟아진다. 나무줄기들이 마치 내 몸에서 뻗어 나간 것 같다. 그 끝에서 나부끼는 잎과 하늘의 장관은 서서 볼 때와는 전혀 다르다.

어느 날, 놀라운 경험을 했다. 보름이 한참 지난 시기, 달이 밝던 저녁이었다. 하얀 새털구름이 떠 있는 고요한 저녁 하늘,

청명하고도 말갛게 빛나던 그 하늘에 달이 내달리는 장면을 목격했다. 별 서너 개를 데리고 쏜살같이 움직이는 달을 보고 너무 놀라 걸음을 멈췄다. 이게 무슨 일일까. 곧 상황을 이해했다. 달이 달린 게 아니었다. 비 기운을 머금은 눅눅한 바람을 타고, 새털구름이 달을 향해 밀려오고 있었던 게다. 달은 그 자리에 있는데 구름이 흐른 것이었다.

> *배꽃 가지/반쯤 가리고/달이 가네/*
> *경주군 내동면/혹은 외동/불국사 터를 잡은/그 언저리로/*
> *배꽃 가지/반쯤 가리고/달이 가네*
>
> *-박목월 「달」*

달이 내달리는 걸 보며 이 시가 떠올랐다. '보세요, 정말로 달이 가고 있다니까요.' 시인도 불국사 언저리에서 달이 흐르는 걸 보았음이 분명하다. 달이 간다고 착각했던 나의 감각을 시가 뒷받침해 준다. 시인도 나처럼 그런 장면을 봤으리라.

사람도 누군가의 기억 속에서 달이 가듯이 흐를까. 실은 구름이 없었더라도 달은 내내 흐르고 있었을 것이다.

다친 덕분에

택시 문을 닫다가 왼손 엄지손가락을 끼이고 말았다. 왼쪽 손을 차에 대고 있다가 문을 닫은 결과다. 말조차 나오지 않는 통증에 숨이 막혔다. 정신을 차려보니 택시는 쌩하니 가버렸다. 어찌할 바 몰라 그 자리에 얼어붙어 서 있었다. 내가 문을 닫다가 내 손을 찧었으니 원망할 대상도 없다. 손가락은 금방 중간까지 보랏빛으로 변한다.

손톱과 손가락만 보랏빛으로 멍든 게 아니었다. 손끝의 통증이 퍼져나가 전신이 욱신거렸다. 딱딱한 껍질처럼 단단한 손톱은 평소엔 무감각했지만, 충격 앞에선 무력하기 짝이 없다. 손톱이 손가락을 지키지 않았다면 엄지손가락은 뭉개졌을지도 모르는 일이다. 이 조그만 손가락 하나에 끌려다닌다.

열 손가락이 좀 더 아프고 덜 아픈 차이가 있겠냐만, 대장 격인 엄지손톱을 못 쓰니 생활에 불편한 정도가 이만저만이 아니다. 우선, 가벼운 칫솔을 잡을 때조차 힘을 주지 못한다. 옷에 단추를 채우는 일에도 시간이 걸린다. 설거지는커녕 내 몸가짐조차 단정하게 하지 못한다. 왼손이 통째 없는 느낌이다. 다 제 역할이 있었다는 걸 절감한다.

하필이면 시아버지 기일. 집안 큰일 치르는 날이지만, 오랜만에 손을 놓았다. 덕분에 엄지는 끔찍하게 아팠고, 나는 모처럼 편히 숨을 돌렸다.

첫사랑이 뭐라고

낯선 전화번호다. 약간의 긴장을 안고 귀를 기울인다. 남자는 내 이름을 대며 내가 맞느냐고 묻는다. 자신은 내 고향 바로 옆 동네에 살았고, 학창 시절엔 내 언니를 좋아했던 누구누구라고 덧붙인다. 그런 이가 있었다는 게 어렴풋이 떠오르는 듯하다. 하지만 그가 언니를 좋아했다는 건 처음 듣는 말이다.

환갑을 바라보는 나이에 아직도 언니가 궁금하단다. 수소문 끝에 내 연락처를 알아냈다며 조심스럽게 안부를 묻는다. 그 말투 너머로 언니를 오래도록 생각한 마음이 내비친다. 잘살고 있냐고. 오래전에 딴 세상 사람이 되어버린 언니의 소식을 묻고 있다. 그는 여태 언니의 영혼을 사랑한 거였다. 꽤 지난 일이어서 담담하게 말했지만, 전화기 너머 두 사람 사이엔 잠깐 정적이 흘렀다.

예전에 들은 이야기가 떠올랐다. 어느 중년 남자가 첫사랑을 찾아서 태평양을 건너갔다. 그토록 그리던 여인을 마침내 만났다. 하지만 그의 기억 속에서 빛나던 소녀는 자신이 가장 꺼리고 싶은 현실의 중년 여성이 되어 있었다. 차라리 만나지 말았어야 했노라고. 그는 바닷길을 되돌아오며 가슴을 쳤다지.

첫사랑이란, 화롯불 뒤적이듯 그렇게 후벼 팔 것이 아니다. 봄날 아지랑이처럼 아련한 그리움으로 남겨두는 게 더 아름답다. 추억이 현실로 건너오는 순간, 그것은 이미 추억이 아니다. 그럼에도 누군가는, 가슴속 어딘가에 첫사랑을 특별히 모셔두고는 화롯불 살리듯 슬쩍슬쩍 뒤적이는 모양이다. 아마 그도 그랬으리라.

그는 왜 불현듯 첫사랑의 안부가 궁금해졌을까. 가을바람이 속을 헤집고 들어왔을까. 한번 보자는 말에 건성으로 답하고 그의 번호를 지운다.

마음은 그렇다

선암사 뒷산 재를 넘어 송광사로 가는 길이다. 두 절은 조계산 굴목재길로 약 6.5km 거리. 가는 길에 있는 보리밥집은 그냥 지나칠 수 없다.

전날은 여수 향일암 아랫동네에서 하룻밤을 묵었다. 이틀째, 전라도 유람 중이다. 선암사를 막 벗어나 절이 저 아래로 보이기 시작하는데 어쩐지 걸음이 수상하다. 발을 내려다보니 등산화 밑창이 떨어져 덜렁거린다. 샌들처럼 너덜거려 더는 걸을 수 없다. 길섶에 앉았다. 등산객 몇이 지나쳤지만, 그들도 나도 뾰족한 수가 없다. 그렇다고 마냥 앉아 있을 수도 없는 일. 돌아가는 차편 시간은 정해져 있으니까. 그때, 한 남자가 앞에 서더니 말도 없이 가방을 내린다. 마치 구급대원이 도와주러 온 듯 익숙한 손놀림으로 지퍼를 열고는 구리철사 같은 걸 꺼낸다. 그걸로 신은 채인 등산화를 몇 번 감아 고정해 준다. 이런 구세주가 또 있을까. 그이는 그날 조계산을 쉰 번째 오른다고, 늘 이런 비상용품을 갖고 다닌다고 했다. 감사 인사만 받고, 그는 갈 길을 갔다. 구리철사로 감은 등산화를 신고 조계산에서 내려와, 순천을 거쳐 부산 집까지 무사히 돌아왔다.

보리밥집엔 등산객들이 줄을 선다. 기다려서 먹는 보리밥과 부침개 맛은 당연히 맛있을 수밖에 없다. 특미는 송주다. 막걸리를 대야째로 평상에 내어놓고, 퍼마시라 한다. 공짜라 해도 마구 마시는 사람은 없다. 산속 예의는 묘하게 정갈하다.

원조 보리밥집 주인은 오래전 이곳에 터를 잡고 살며, 스스로 산길을 냈다. 조계산을 진심으로 사랑한 사람이라며, 손님들은 그를 '조계산 사람'이라 부른다. 그가 보리밥 장사로 부자가 되길 바란다는 말까지 덧붙인다.

산행객이 보리밥집에 도착하면 대개 비슷한 행동을 한다. 팽나무나 개서어나무 아래 평상에 걸터앉아 등산화 끈을 느슨히 푼다. 한숨 돌리며 사람들을 구경하고, 주변 풍경을 감상한다. 곰삭은 김치와 산나물 같은 채소가 푸짐한 밥상이 먼저 온 이들에게 건네질 때 입맛부터 다신다. 우리도 모르는 사람들 속에 섞여서, 전혀 어색함 없이 보리밥을 먹었다. 전국 각지의 사투리가 뒤섞인 산속 식탁은 바깥세상의 축소판이다.

골짜기에 흐르는 물소리를 반주 삼아 마시는 동동주 한 잔은 값으로 매길 수 없다. 허기를 달래주는 보리밥집엔 등산객이 오고 가고, 또 오고, 떠난다. 가마솥 속 숭늉은 장작불에 내내 끓고 있다. 등산화에 구리철사를 감아준 그에게, 따뜻한 밥 한 끼 대접하고 싶다. 마음은 그렇다.

진숙이네 떡방앗간

허름한 방앗간 새시 문을 밀고 들어선다. 뽀얗게 피어오르는 증기 사이로, 떡 하러 온 여자들이 차례를 기다리고 있다. 불린 쌀을 빻는 기계 앞으로, 쌀 담은 대야들이 꼬불꼬불 줄을 섰다. 동네 방앗간에서 가래떡이 매끌매끌 미끄러져 나올 때, 주인이 가위로 싹둑 잘라 건네주던 그 모습 그대로다. 그때 방앗간과 다르지 않다.

진숙이는 고향마을 친구의 동생이다. 친구 진근이는 초등학교 졸업도 하기 전에 외지로 일하러 나갔다. 진근이 아버지는 내 인생을 한순간에 돌려놓은 분이다. 일곱 살 무렵이었다. 아버지를 몰래 뒤따라 읍내 장에 갔다. 꼴망태에 닭 두 마리를 넣고 팔러 가던 아버지를, 닭전 근처에서 놓쳐버렸다. 혹시 자리를 옮기면 더는 아버지를 못 만날까, 그 자리에서 몇 시간을 서 있었다.

그러다 골목길을 지나던 소달구지를 발견했다. 소달구지를 몰던 사람의 낯이 익었다. 그가 누구인지 알 리 없었다. 따라가다 보니 소달구지에 장을 본 짐을 싣고 그 뒤를 따르는 동네 아줌마들이 보였다. 그렇게 나는 미아가 되지 않았다. 소달구지를 몰던 사람은 진근이 아버지였다.

줄 서 있던 떡쌀 대야들이 하나둘 줄어들고, 드디어 내 차례가 되었다. 진숙이가 '언니 왔어요?' 하더니, 떡쌀을 기계에 들이붓는다. 방앗간 건물이 자기 것이라며 웃는다.

울지 말아요

여자가 울고 있다. 얼마나 억장이 무너지면 지하철에서 눈물이 줄줄 흐를까. 보는 사람들 모두 긴장한다. 아니 그렇게 느껴진다. 같은 마음이 되었다는 뜻일 게다. 나는 자리 없이 서서 가는 중이다. 그런데 하필, 내 앞자리에 앉은 여자가 울고 있다. 보는 사람 속이 애절하다. 군중은 그럴 때 못 본 척 외면해 준다. 민망한 그를 위한 배려일 것이다.

이내 콧물을 훌쩍인다. 손이 자꾸 눈으로 가는 걸 보니, 터진 울음을 걷잡을 수 없는가 보다. 눈물은 전염이 빠르다. 감정의 전이나 동화가 눈물보다 빠른 게 있을까. 따라 웃기보다는 눈시울이 먼저 붉어진다. 지하철 안 사람들도 저마다 그녀의 속사정을 헤아리고 있을 것이다. 내 안경도 어느새 흐릿해진다.

  우는 사람을 따라 울게 될 때, 결국 각자의 사정으로 운다고 하던가. 그 여자는 그녀의 사연으로, 나는 내 사연으로. 우리는 그렇게 해운대역까지 갔다. 안경도 닦고 눈도 닦으며 그녀를 힐끗 봤다. 말이라도 걸고 싶지만 오히려 불편할까 싶다. '울지 말아요.' 마음속으로 말을 건네며 내린다. 자신 어깨 위로 보내는 위로가 닿기를 바라면서. 울지 않으면 좋겠다. 우리 모두.

나의 케렌시아

　요즘 관심은 공간에 있다. 길을 지나다가 또는 우연히 발견하는 예쁜 공간에 관심이 간다. 이를테면 조명은 글 읽을 수 있을 정도의 밝기여야 하고, 주변이 어수선히 산만하지 않으며, 도란도란 담소하는데 방해받지 않을 정도면 딱 좋다. 도심이 아니어도 괜찮다. 도시 외곽 어디에라도 투박한 차탁을 가운데 두고 여럿이 둘러앉을 공간이 있으면 족하다.

　마침내 내 카페 하나 점찍어 두었다. 나의 케렌시아 같은 장소, 투우장에 나간 소가 마지막 일전을 앞두고 잠시 숨을 고르는 공간 같은 곳. 그 정도로 절실하지는 않더라도 그곳이 있어 위안 삼는다. 그곳 'cafe 마을'에는 아무와 가지 않는다. 가던 찻집이 문을 닫았거나, 거리가 멀다거나, 차를 파는 빵집 '흰여울'이 문을 닫았거나, 혹은 담소할 찻집을 찾아 장소를 물색해야 할 때 그곳으로 간다.

실내 장식이 감성 있지도 않다. 아기자기한 소품으로 장식한 것도 없다. 평범한 사각 테이블 서너 개가 놓인 작은 공간. 하지만 그 단출함이 오히려 아늑하다. 손님이 많지 않아 적당한 정적이 흐른다. 무엇보다 이곳은 내 골목 안, 내 하루의 일부처럼 가까운 곳에 자리 잡고 있다. 다른 찻집과 비교할 것도 없이 나를 위한 공간이라고 찜해 두었다.

자주 가는 편도 아니다. 어느 때고 불쑥 갈 수 있는 찻집이라고 하는 게 맞겠다. 가끔, 이런저런 용건으로 나를 찾아오는 이가 있을 때 만날 장소로 단박에 지정하는 장소다. 찻집 주인은 불혹은 넘어 보이는 덤덤한 남자다. 그 남자의 무표정한 얼굴보다는 장소에 의미를 두기에 크게 상관할 바도 아니다. 아무리 눈썰미가 없다고 하더라도 그렇다. 몇 번 봤음 직한 손님에게 엷은 미소 한 번 보이거나 아는 체하는 게 없다.

어쨌든 그곳은 내 마음속 아지트다. 레푸기움 Refugium * 처럼 절박하게 매달릴 곳은 아니지만, 그에 못지않은 안식처랄까. 한산한 덕분에 눈치 볼 것 없이 오래 머물며 대화하기에 그만이다. 무엇보다 쌈지공원을 정원처럼 곁에 두고 있다는 점이 마음에

---

* 레푸기움: 라틴어로 '피난처'란 뜻, 빙하기 등 여러 생물종이 멸종하는 환경에서 위협을 피하여 살아남을 수 있었던 공간을 의미함.

든다. 카페가 들어서기 전부터 자리 잡은 공원이라, 오래된 느티나무 아래 벤치에 앉아 숨을 고르곤 했다. 이 공원이 카페의 일부처럼 느껴진다. 이곳이 내게 특별할 수밖에 없는 이유다.

어느 날, 쌈지공원 뒤쪽 주택 외벽에 카페 간판이 내걸렸다. 처음 간판을 본 순간 눈이 번쩍 뜨였다. 예쁜 간판 하나가 그 주변을 얼마나 산뜻하게 하는지. 거기다 만남의 장소 역할을 하게 되자 내심 반갑기 그지없었다. 이 카페가 문 열즈음, 김밥집이 보름달처럼 동그란 간판을 걸었다. 또 다른 길쭉한 건물 1층에는 원형 식탁 두 개를 놓은 옹심이 식당이, 그 옆 모서리엔 반찬가게가 들어서는 등 새 간판으로 골목이 훤해졌다.

누군가와 이곳에 갈 땐 속맘을 슬쩍 흘린다. 여기가 내게 소중한 공간이기에 당신도 특별하다는 걸. 아껴두고 써먹는 장소라는 점도 강조한다. 종일 한산한 이 카페를 마음 한구석의 보루처럼 간직해 왔다. 한데 그 한산함이 묘하게 이중적이다. 주인에겐 손님 없는 것이 쓰라릴 텐데 손님 입장에서는 행운처럼 느껴지니 말이다. 장기적으로 보면 카페가 살아남을 수 있을까가 걱정된다. 썰렁함 속에 만족이 공존하는 이 묘한 풍경이 이 카페에 있다.

주인이 무표정하게 커피를 볶고, 커피를 내린다. 표정 없는 얼굴로 생강차 같은 수제 차를 추천한다. 손님들이 마시는 커피보다 원두 판매에서 더 큰 수익을 올릴지도 모른다는 생각이 불

범종 소리 흐르는 저녁

쑥 스친다. 커피에 대한 열정이 있어 낸 건지, 아니면 주택을 활용하기 위한 건지. 그 내막은 몰라도 마을에 카페를 연 발상에는 박수를 보낸다. 때로 주인의 한결같은 무표정이 흑백 포스터 속 얼굴 같기도 하고, 커피 향과 어울린다는 생각도 든다. 다음에 그곳에 가면 먼저 말이라도 걸어 볼까. 같은 골목에 사는 주민으로 또 내 아지트이므로 문을 닫지 않기를 바라며.

이곳 아메리카노는 3,000원으로 저가 커피보다는 약간 비싼 편이다. 동네 분위기를 감안하면 적당한 가격이다. 레몬차와 레몬자몽에이드 같은 메뉴도 곁들여 구색을 갖췄다. 통창이 햇살로 환할 때 테라스에 앉아 거리 풍경을 즐기며 차 한잔하는 것도 좋겠다. 꼭 무언가를 하지 않아도, 여행객처럼 노트북을 펼쳐 놓고 앉아 있는 것만으로도 충만할 것 같다. 아마도 여행지에 노트북을 들고 가서는 한 줄도 쓰지 못했던 미련 때문이지 싶다.

이곳은 그저 한가롭게 앉아 있는 것만으로도 충분하다. 아쉬운 점은 밤 아홉 시면 문을 닫는다는 것. 저녁을 먹고 여덟 시쯤 느긋하게 마실 나가고 싶지만, 그즈음이면 영업이 끝나는 시간이다. 결국 생각만 하다 만다.

하늘이 낮게 내려앉은 날, 내 마음을 들여다본 듯 누군가가 '커피 한잔할까?' 하고 연락을 해오면 망설임 없이 그를 부르겠다. 일상의 소음에서 벗어난 순간만큼은 그 누구와도 나누고 싶은 따뜻한 시간이 될 테니까. 먼저 나가 있다가 상기된 얼굴로 들어오는 그를 맞이해야지. 함께 나누는 커피 한잔에 서로가 스며드는 순간을 기대하며.

커피 향 감도는 안락한 공간에서 담소하는 저녁 시간, 바깥일은 잠시 내려놓고 소소함을 나누는 시간. 그냥, 그 자체로 충분히 따뜻한 시간이 될 테다.

꽃섬 이야기

아뿔싸. 사진에 담긴 게 없다. '아무것도 보지 못했다'는 어느 사진전 제목이 뇌리를 스친다. 호흡하고 흡수한 갯내와 풀내와 갯바람과 호젓한 풍취는 사진 어디에도 담겨 있지 않다. 카메라는 빛과 선만을 기억할 뿐, 냄새나 체온과 바람의 숨결까지는 옮기지 못한다.

가끔은 사진보다 기억이 더 정직하다. 조물주가 빚은 오만가지 자연색과 풍경을 무슨 수로 베낀단 말인가. 카메라가 실물을 근사치로 복사해 낸다지만, 애초에 기대한 걸 탓한다.

다도해 꽃섬 가는 길에 바다에 회색 갯벌이 열리는가 싶은데 이내 여수에 도착한다. 꽃섬으로 가는 배 갑판에 서니 마을이 눈앞에 보인다. 따개비처럼 섬 기슭에 붙어 정착한 마을은 평화로운 화폭 같다. 바다가 동실 밀어 올린 듯 아담한 섬. 그 양지

바른 언덕에 주황색 빨간색 지붕이 쨍한 만춘 볕살을 받으며 그림책 한 페이지를 펼친다.

화도라 불린 꽃섬은 상화도 上花島 와 하화도 下花島 다. 윗꽃섬 아랫꽃섬으로도 불리는데 그 이름에서 꽃이 많은 섬인 게 연상된다. 두 섬이 헤엄쳐 건너도 될 만큼 지근거리에 위치했다. 다도해를 운항하는 카페리호는 하화도에서 방문객을 내려놓고는 상화도를 외면한 채 무심히 지나간다. 내리는 이도 타는 이도 없는 상화도 선착장에서 지나가는 배를 구경한다.

섬 주인처럼 느긋하게 뒷짐 지고 인적 없는 섬 탐방길에 나선다. 처음 밟는 땅을 탐색하는 걸음은 발길 닿는 자리마다 흥미롭다. 새빨간 흙길이 꼬불꼬불 오르막으로 이어지고, 소음이라곤 없는 바람 소리만 들리는 상황이 적막하다. 청각이 모조리 열리고 시각과 후각이, 몸의 모공까지 활짝 열리는 느낌이다. 풀냄새와 들꽃 향기 자욱한 섬 언덕에서 사방을 돌아보아도 다도해 푸른 바다뿐이다.

섬 주변으로 점점이 앉은 섬들이 궁금하다. 무인도 바위섬인 장구도가 걷는 길 따라 보였다가 가렸다가 바다 위 방향을 알린다. 길엔 길이었다는 흔적만 있을 뿐, 풀만 무성하다. 밟고 지난 이가 없다는 뜻, 이따금 놓인 벤치는 쉬는 자리라기보다 숲에 곁들인 삽화 같다. 바닷바람과 구름과 볕만 머문다. 눈에 드는 프레임마다 자연 수채화가 파노라마로 이어진다.

이따금 뱃고동 소리가 청각을 살린다. 발치에 늘린 고사리, 갓 벗어놓은 듯 매끈한 뱀 허물, 오솔길을 느긋하게 건너는 도둑게가 자신이 섬 주인임을 알리는 듯하다. 걷는 자리마다 개구리자리며 씀바귀, 엉겅퀴, 괭이밥, 아카시아, 찔레꽃이 피어 오월 싱그러움이 최절정이다. 찔레 순을 먹으니 쌉싸래한 맛이 오래 입 안에 감돈다. 찔레나무에서 흔히 보는 진딧물도 없다. 이따금 돛대를 높이 올린 범선이 섬을 휘어 돌아갈 때, 그쪽에서도 내가 보일까 하고 두 손을 치켜들고 흔들어 본다.

크고 작은 이웃한 섬들이 시야 닿는 곳까지 점점이 떠 있다. 백야도와 하화도, 무인도 섬 장구도, 소부도, 대부도, 상계도, 낭도, 사도, 중도, 장사도, 추도, 하계도…. 섬 모양새나 특성을 따라 이름 지은 섬들이 다도해를 이루었다. 뭍에서와는 다른 갯내 물씬한 삶이 바다에 올망졸망하다. 멀찍이로 보는 그곳에 가지 못하니 어딘가에 닿지 못하는 마음처럼 애틋하다. 그곳이 그립다. 거기에 머무는 냄새와 꽃과 사람도.

섬을 탐색하고 와서 먹는 점심은 충만함 그 이상이다. 섬사람이 끓인 해물매운탕과 톳나물 무침과 바다 냄새 물씬한 찬으로, 초면임에도 염치 불고하고 밥 한 그릇을 맛나게 먹어 치웠다. 낯선 현지 음식은 생소한 지역만큼이나 흥미로워 침샘 솟구치게 한다. 그러나 구멍가게도 없는 이 섬에 갈 때는 먹을거리를 필히 챙겨갈 일이다.

믹널, 돌평바구, 물내진골, 비틀이굴, 솔여, 산샘 같은 토속지
명은 그곳을 한층 그곳답게 한다. 그곳 사람들이 일상에서 발설
하는 이런 지명에서 객은 공유할 수 없는 그들만의 유대감을 읽
는다. 야릇한 소외감도 든다.

오래전에 폐교한 분교 마당에 서니 바다가 접힌 지도를 펴듯
시야에 펼쳐진다. 여타 농촌 실태처럼 빈집이 간간이 보이고 그
집 우물엔 숨죽인 정적이 고였다. 바람 소리, 뱃고동 소리만 이
따금 스치는 섬에 있음을 감각으로 알게 된다.

두고 온 것에는 미련이 남는 건가. 다 누리지 못한 감각들의
여운 탓일 것이다. 마음은 아직 그 자리에 머뭇대고 있으니까.
마을 이장 집에서 먹은 넓적하게 뼈째 쓴 오돌오돌한 간재미회
며 달짝지근한 오징어회 맛이 그립다. 선착장에서 한 자루 사
와서 담은 방풍장아찌에도 바닷바람이 녹아들었을 테다. 동트
기 전 새벽바다와 해거름 녘 불콰한 노을이며, 가슴이 무너진다
는 정강산 일몰을 보러 꽃섬에 다시 가야지.

꽃섬에 남겨둔 건 발자취보다는 마음이라, 언젠가 다시 가서
놓치고 온 것을 찬찬히 느껴보고 싶다. 사진보다는 마음의 눈에
오롯이 담아 와야지. 선뜻 나서서 닿을 수 없는 먼 것들에는 그
리움이 켜켜이 쌓인다.

범종 소리 흐르는 저녁

'오 자히르'

호르헤 루이스 보르헤스에 따르면 '자히르'는 이슬람 전통에 서 유래한 개념으로, 18세기경에 처음 등장한 것으로 추정된다. 아랍어로 자히르는 눈에 보이며 실제로 존재하고 느낄 수 있는 어떤 것으로, 일단 그것과 접하게 되면 서서히 우리의 사고를 점 령해 나가 결국 다른 무엇에도 집중할 수 없게 만들어버리는 어 떤 사물 혹은 사람을 말한다. 그것은 신성(神聖)일 수도, 광기일 수도 있다.

　　　　　　　　　　-포부르 생 페르, 『환상백과사전』, 1953년

『오 자히르』의 원제는 'O Zahir'다. 아랍어로 어떤 대상에 대한 집념, 집착, 탐닉, 미치도록 빠져드는 상태를 뜻한다. 보르헤스 가 쓴 단편 「자히르」에서 영감을 받아 구상했다는 소설이다. 위 의 서문이 독자 이해를 돕는다.

파울로 코엘료가 쓴 글의 전반에는 영성의 기운이 흐른다. 이에 코드가 잘 맞는 사람이면 홀린 듯 스며들게 된다. 내게 '오자히르'는 인생의 책이라고 할 만하다. 그도 그럴 것이, 『어린 왕자』이후로 몰입해 세 번 읽은 책이다.

책갈피마다 색깔 메모지가 붙어 있다. 읽을 때 페이지가 쉬 넘어가지 않았다. 읽은 문장을 되돌려 읽곤 했기 때문이다. 메모지마다 적은 낱말인 노예, 자유, 상상, 호의은행, 자히르, 성당, 우수, 자히르 강박증, 에스티르, 고독…, 이들 단어는 한 페이지를 읽을 때마다 노트 대안으로 적어둔 것들이다.

파울로 코엘료는 아이디어를 일깨우고 정신의 긴장을 풀려고 '북부 멕시코 주술 실습서'를 뒤적이다가 놀라운 글을 발견한다. 바로 '아코모다도르 acomodador'라는 용어다.

아코모다도르(acomodador): 살다 보면 어느 순간인가 한계에 도달하기 마련이다. 정신적 외상, 쓰디쓴 실패, 사랑에 대한 환멸 등이 그것이다. 때론 대가를 치르지 않고 얻은 우연한 성공이 우리를 소심하게 만들어 더는 앞으로 나아가지 못하게 한다. 자기 내부의 잠재된 힘을 일깨우는 수련 중인 주술사라면 맨 먼저 '아코모다도르'에서 자유로워져야 한다. 그러기 위해서는 자신의 삶을 전체적으로 되돌아보고, 자신의 아코모다도르가 어디에 있는지를 알아내야 한다.

'살다 보면 어느 순간인가 한계에 도달하기 마련이다.' 이 문장에 한동안 매였다. 책을 읽을 때마다, 그 이후로도 줄곧 화두로 맴돌았다. 눈에 보이지 않는 어떤 불편한 상태를 뜻하지만, 그것이 무엇이라고 명료하게 설명할 수 있는 말이 아니다. 정신적 외상, 쓰디쓴 실패, 사랑에 대한 환멸 등을 뜻하는 것이라면 정신적 외상에는 해당하겠다. 쓰디쓴 실패나 사랑에 대한 환멸보다도, 살아가며 심신이 피폐해질 정도로 겪는 정신적 외상이 더 큰 고통일 것이다. 살아오면서 불가항력이던 한계를 마주한 적이 분명히 있다.

그 불가항력 앞에서 무력하기만 할 때 마주하는 또 다른 무력감, 절벽 앞에 다다른 듯 막막한 현실, 신에게 매달리는 것 외에는 아무것도 할 수 없던 시간, 눈물조차 여유로움에서 비롯된다는 사실을 깨닫던 순간….

'호의은행'이란 용어도 신선하다. 작가가 톰 울프의 소설 『허영의 모닥불』에서 발견했다는 단어다. 그것은 인간이라면 누구나 아는 성질의 것이며, 세상에서 가장 강력한 은행으로 모든 영역에서 작동한다.

예를 들면, 내가 아는 어떤 사람이 중요한 인물이 되고 영향력 있는 사람이 될 거라는 걸 믿는다. 하여 순수한 자의로 그 특정인 계좌에 입금하기 시작한다. 그건 돈이 아닌 인맥이다. 그 사람을 이런저런 사람들에게 소개하고, 알린다. 그 대가로 내가 그 사람에게 무언가를 요구하지 않더라도 그는 내게 채무가 있다는 걸 안다. 그는 내가 부탁하는 일을 하게 될 것이며, 다른 사람들도 그의 계좌에 예금할 수 있다. 물론, 그 예금 또한 인맥이란 개념이다.

이는 관계에 베푸는 친절과 호의가 일종의 투자로 작용한다는 의미이다. 사람들은 호의은행에 예금을 맡기듯 호의를 베풀고, 또 받아들이며 산다. 또는 인맥을 예금하고 필요할 때 도움을 요청한다. 호의은행이란 용어를 대하면서 세상을 살아가며 종종 접하는 부조에 생각이 닿았다. 누군가가 겪거나 치르는 경조사에 상부상조하는 부조도 관계에 투자하는 일종의 적금이라고.

『연금술사』에서 『오 자히르』에 이르기까지 파울로 코엘료를 만났을 때, 작가와 독자 사이에 영성으로 이어진 무언가가 있었던 것 같다. 독자마다 느끼는 그 무언가도 결국 책을 통해서 형성된 결과일 게다. 곳곳에 손 흔적 묻은 '오 자히르'를 다시 편다. 이번엔 어떤 성숙한 영성의 기운으로 다가올지. 또 하나의 깊은 연줄이 이어질 조짐과 직면한다. 소설 속 '나'가, 사라진 아내를 찾기까지의 여정을 꼭 닮은 시 「이타카」 때문이다. 오디세우스를 만나고 싶어졌다. 오디세우스의 영원한 고향 이타카에 가고 싶어졌다.

갈망하면 언젠가는 그곳 이타카섬에 갈 날 있으리. 10년에 걸친 귀향 여정, 인간의 본성과 한계를 탐구하는 과정, 오디세우

스의 고향이자 그 여정의 종착점은 곧 내 버킷리스트의 종착점
이 되리라.

　네가 이타카로 가는 길을 나설 때,
　기도하라, 그 길이 모험과 배움으로 가득한
　오랜 여정이 되기를.
　라이스트리곤과 키클롭스,
　포세이돈의 진노를 두려워 마라.

　네 생각이 고결하고
　네 육신과 정신에 숭엄한 감동이 깃들면
　그들은 네 길을 가로막지 못하리니.
　네가 그들을 영혼에 들이지 않고
　네 영혼이 그들을 앞세우지 않으면
　라이스트리곤과 키클롭스와 사나운 포세이돈
　그 무엇과도 마주치지 않으리.

　기도하라, 네 길이 오랜 여정이 되기를.
　크나큰 즐거움과 크나큰 기쁨을 안고
　미지의 항구로 들어설 때까지,
　네가 맞이할 여름날의 아침은 수없이 많으니.
　페니키아 시장에서 잠시 길을 멈춰
　어여쁜 물건들을 사거라.
　자개와 산호와 호박과 흑단

온갖 관능적인 향수들을.

무엇보다도 향수를, 주머니 사정이 허락하는 최대한.

이집트의 여러 도시들을 찾아가

현자들에게 배우고 또 배우라.

언제나 이타카를 마음에 두라.

네 목표는 그곳에 이르는 것이니

그러나 서두르지는 마라.

비록 네 갈 길이 오래더라도

늙어져서 그 섬에 이르는 것이 더 나으니.

길 위에서 너는 이미 풍요로워졌으니

이타카가 너를 풍요롭게 해주길 기대하지 마라.

이타카는 너에게 아름다운 여행을 선사했고

이타카가 없었다면 네 여정은 시작되지도 않았으니

이제 이타카는 너에게 줄 것이 하나도 없구나.

설령 그 땅이 불모지라 해도, 이타카는

너를 속인 적이 없고, 길 위에서 너는 현자가 되었으니

마침내 이타카의 가르침을 이해하리라.

                    -콘스탄티노스 카바피스 시* , '이타카' 전문

---

* 콘스탄티노스 카바피스: 1863~1933. 알렉산드리아 출신 그리스 시인

범종 소리 흐르는 저녁

결정적 순간의 문학

글의 시원

내 문학의 시원始原이며 원천源泉은 단연 고향이다. 시골 정서와 풍경을 자양분으로 하여 심신이 성장했다. 고향 마을은 산이 사방을 감싸 마을로 들어가는 신작로만 없으면 아무도 모를 옴팍한 산자락에 자리 잡았다.

마을 어귀 수백 년생 느티나무 그늘에, 수염이 가지런한 할아버지가 갓을 쓰고 곰방대 물고 앉았던 모습은 영락없는 김홍도 풍속화 한 장면이다. 이 나무를 지나서 동구 밖을 지나, 고갯마루 넘어서 논길 시냇가를 걸어 학교에 다녔다. 나는 이런 자연 속에서 움직이는 조그만 한 풍경으로 자랐다.

책 보따리를 허리에 묶어서 골짝 논에 오갈 때, 소 먹이러 산에 오가는 길에, 도시락 싸서 쑥 뜨러 갈 때 눈에 담긴 풍경은 순백의 뇌에 바탕 그림으로 채색됐다. 구절초 찔레꽃 개망초가 지천으로 피는 자연은 나날이 색을 달리했다. 11월이면 첫눈이 내리고, 귀가 먹먹한 고요를 머금은 함박눈이 천지를 덮으며 쏟아지는 겨울, 겨울 마당에 소쿠리를 엎어 놓아 참새를 잡고, 빨랫줄에 줄지어 앉아 종알대는 새소리에 잠 깨던 아침, 앞산을 자욱하게 휘감은 아침 안개, 이슬에 바짓가랑이가 흠뻑 젖은 아버지가 지게에 꼴을 수북이 지고 대문간을 들어서면 부리나케 섬돌을 밟고 마당으로 내려가 바지랑대 들어 올리던…. 나란 사람의 바탕 결은 이런 것들로 무늬가 졌으리라.

소리, 느티나무처럼, 풍경 한 폭, 워낭소리, 만추晩秋를 그리다 수필집 『바람의 말』, 곡哭, 친정 가는 길, 감자 철 지날 때, 내 마음의 뒤란, 사라진 워낭소리, 바지랑대 평전 수필집 『화색이 돌다』, 겸상의 추억, 광염狂炎 수필집 『다독이는 시간』…. 이 외 발표하지 않은 고향 글이 여러 편이다. 퍼내어도 줄지 않는 샘물처럼, 고향은 글이 발아하는 밭이며 터전이다.

결정적 순간

'내 속에서 솟아 나오려는 것, 바로 그것을 나는 살아보려고 했다. 왜 그것이 그토록 어려웠을까?'*이 글에서 창작하는 사람

---

* 《구본창의 항해》 회고전 서문

범종 소리 흐르는 저녁

의 고뇌가 읽힌다. 사진작가가 자신을 끊임없이 다듬고 성찰하는 일상은, 글을 쓰는 이의 일상과 크게 다르지 않다.

카메라로 세상과 소통해 온 구본창 작가의 달항아리 시리즈는 평범했지만 비범했다. 결국, 작가는 우리 전통의 정신과 맥을 향하고 있었다. 박물관에서나 볼 수 있는 이들 백자는 검정천에 올리고 찍었더라면 한결 돋보였을 것이다. 그러나 그는 다아는 평범함을 취하지 않았다. 달빛 창호지를 깔고 그 위에 새하얀 달항아리를 놓고 찍었다. 창호지도 항아리도 하얘서 둥그런 백자의 곡선이 아슴아슴하다. 그림자도 없다. 낯설다가, 그 낯섦 속에서 차츰 보이는 게 있다. 순백의 백자가 품은 시간과 빚는 손과 시선과 정신과….

향그러운 글을 읽은 아릿함이 여운으로 감돈다. 달빛의 은은함, 백자의 단아함, 창호지의 따스한 감이 어우러져 숨 막히는 감동을 전달한다. 달항아리가 보름달 같은 고요와 정적을 담고 가슴마다 가 닿듯, 나의 글도 그랬으면 싶다.

'나는 평생 생의 결정적 순간을 포착하기 위해 헤맸다. 그러나 인생의 모든 순간이 결정적 순간이었다.'라고 한, 프랑스의 전설적인 사진가 앙리 카르티에 브레송의 말에서처럼, 모든 결정적 순간도 일상의 순간에서 나온다. 연륜을 더할수록 관조하기를 즐긴다. 그러다 찰나에 만나는 순간이 글이 되기도 하고, 영영 노트 속에 메모로 갇히는 신세도 된다.

세상에서 만나는 풍경이 이왕이면 따뜻한 것들이면 좋겠다. 따사하면서도 뭉클한, 마른 눈자위를 적시는 글을 쓰고 싶다. 작가란 변화무쌍한 세상에 굳건히 뿌리 내린 나무 같은 사람이 아니랴.

수필 마니아의 길

1993년, 수필의 세계로 입문하며 故 유병근 스승님을 만났다. 참 스승을 두었다는 게 행운이다. 이후 2004년에 등단했다. 글을 쓴 지 어언 삼십여 해다. 돌아보면 글보다 사진을 먼저 접했다. 첫아이 낳고 니콘 수동카메라를 만나 셔터음에 반했다. 그간 찍어둔 밑천으로 2014년에 여행작가로 등단 절차를 거쳤다.

글은 마음이 화창할 때보다는 그늘질 때 잘 써진다고 믿는다. 수필 「사막을 건너다」와 「절해고도 302」는 한여름 탈수증세와 불면에 시달리며 몸부림쳤던 나날을 적은 글이다. 여름휴가는 커녕 집 안에 갇혀 마치 끝없는 사막을 건너는 듯한 고립과 갈증 속에서 쓴 글이다. 내 마음이 사막이고 절해고도다. 행간에 담긴 의미를 독자가 읽어내고 공감할 때, 글은 비로소 완성되는 것이라고 본다.

수필집으로 『바람의 말』2010 『화색이 돌다』2014 『다독이는 시간』 2018 『풍경 한 폭』2018 『범종 소리 흐르는 저녁』2025 을, 여행 산문집으로 『비가 와도 좋았어』2020 , 『뿌리 깊은 한국의 전통마을 32』

2023년 한국문화예술위원회 아르코문학창작기금 발간지원를 펴냈다.

이들 책 대부분은 부산문화예술지원사업 지원금을 받아 출간했다. 감사한 일이다. 2023년에 아르코문학창작기금 발간지원금으로 받은 천만 원은 의미가 컸다. 무던히 써 온 시간에 대한 보상이라 여기고 공손히 받들었다. 국제신문 오피니언 칼럼 필진으로 6년간 글을 게재했다. 어찌하든지 마감 맞춰 보낸 글이 결실로 남았다. 작가로서의 보람이고 수확이다.

'에펠탑의 페인트공'을 찍은 사진작가 마크 리부는 가장 좋은 사진은 '내일 찍을 사진'이라는 기찬 말을 남겼다. 그건 불가능하다는 뜻이며, 자신 마음에 완벽한 사진이란 없다는 뜻으로 들린다. 수필도 그와 다르지 않다고 본다. '내일 쓸 글'을 망각한 적 없다. 쓰고 지우고를 반복하고, 생각의 생성과 소멸을 거듭하면서 내일 쓸 글을 꿈꾼다.

수필 마니아로 가는 길은 끝이 없는 여정이다. 써야 한다는 책무에서 벗어나 볼까, 이런 생각을 한 적도 있다. 글 잘 쓰는 사람들의 공통점은 묵묵히 한 줄을 쓰고 또 한 줄을 쓰는 끈기라 하지 않던가. 그 '묵묵히'라는 게 보통의 신념으로는 감당하기 어려운 일임을 갈수록 절감한다.

'어떤 일에 열중하고 익숙해지며, 대상을 더 깊이 알게 됨'은 마니아를 설명하는 말이다. 수필이 내 삶의 주축을 이룬다면 자신 있게 수필 마니아라 해도 될까?

범종 소리 흐르는 저녁

나를 이루는 본질을 그린 결정적 순간들

초판 1쇄   2025년 4월 30일

글쓴이   김나현
발행인   김재홍
교정/교열   김혜린
마케팅   이연실
디자인   박효은

발행처   도서출판지식공감
등록번호   제2019-000164호
주소   서울특별시 영등포구 경인로82길 3-4 센터플러스 1117호(문래동1가)
전화   02-3141-2700
팩스   02-322-3089
홈페이지   www.bookdaum.com
이메일   jisikwon@naver.com

가격   17,000원
ISBN   979-11-5622-933-9   03810

문학공감은 도서출판 지식공감의 인문교양 단행본 브랜드입니다.

※ 본 도서는 2025년 부산광역시, 부산문화재단 〈부산문화예술지원사업〉으로 지원을 받았습니다.